'꿈'이라
쓰고
'도전'이라
읽는다

'꿈'이라 쓰고 '도전'이라 읽는다

감성 에세이

달콤쌉쌀한 미국 고등학교 교환학생 이야기

송유민 지음

Dream comes true.
But you gotta do your best!

추천사

교환학생 본연에 가장 충실한, 그러면서 가장 솔직한 유민이의 체험기

미국에 교환학생을 보내온 지 올해로 만 17년이 된다. 강산이 변한다는 말처럼, 그때 교환학생 가던 친구들과 지금 교환학생 가는 친구들은 참 많이 달라졌다.

우선 가장 큰 변화는 교환학생 참가 목적이 다르다는 점이다. 2000년대 초반, 미국 교환학생 가는 친구들은 가장 큰 목적은 '영어 향상'이었다. 다녀오면 영어를 잘하게 되겠지 하는 마음으로 갔다.

그런데 요즘 교환학생 가는 친구들은 영어 향상을 목적으로 하기보다는 진정한 '문화교류'를 목적으로 떠나는 경우가 많다. 즉 어릴 때부터 한국식 문법영어가 아니라 미국식 영어 교육에 노출된 정도가 커서 배움으로만 접했던 '미국 문화'를 직접 접하고 싶다는 목적이 더 커진 것 같다.

유민이도 그런 학생 중의 한 명으로 기억한다. 유민이는 처음 교환학생을 신청하러 왔을 때부터 영어가 유창했던 학생이다. 굳이 영어와 대학 진학이라는 개인적 목표에 매몰되지 않고, 넓게 바라보며 '미국 문화 체험'이라는 교환학생 본연의 프로그램 의도에 가장 충실한 학생이었다.

그런데 그 체험은 늘 달콤하지는 않다는 함정이 있다. 교환학생은 일반 유학처럼 내가 지역을 고르고 살 집을 고르는 것이 아니라 운명처럼 배정된 지역, 학교에서 생활한다. 따라서 머릿속으로 상상했던 것과는 많이 다른 '몰랐던 미국 체험'이 되는 경우가 많다.

소설보다 더 재미난 유민이의 교환학생 체험기

유민이의 체험기도 그랬다. '뉴욕'을 상상하며 배정을 기다렸건만 '루이지애나 시골 동네'가 배정되었다. 그래서 실망했다가 의외의 새로운 체험을 하며 즐거운 이야기, 힘든 이야기가 다 담겨있다.

유민이의 체험기는 여느 교환학생들의 체험기랑 많이 다르다.

가장 다른 점은…… 가장 솔직한 체험기란 점이 아닐까 한다. 호스트 가족과의 갈등, 스페인 교환학생 남자친구와의 이야기 등은 지금까지 국내에

출간된 교환학생들의 체험기, 에세이에서는 볼 수 없는 솔직함, 진솔함이 녹아 있다. 그래서 고등학생의 체험기라고 보기 어려울 만큼 재미있다.

포장하지 않은 교환학생의 민낯을 다 보여 준 유민이의 체험기, 그래서 더 당당하고 아름다운 유민이의 이야기는 시대가 바뀌어도 인류애를 바탕으로 하는 '미국 교환학생'의 진정한 가치를 느낄 수 있게 한다.

소설보다 더 재미난 유민이의 교환학생 체험기, 이제 유민이의 앞날에 이 이야기들보다 더 아름답고 찬란한 나날이 이어지길 기대해 본다.

수고했어, 유민아~!

2020년 4월

손재호(애임하이교육(주) 대표)

시니어가 주니어에게 1
엄마가 보내는 편지

사랑하는 딸, 유민이에게

유민아,

우리 유민이가 엄마, 아빠에게로 와서 큰 기쁨과 삶의 의미로 자리잡은 지가 벌써 17년이 되었구나. 엄마만 졸졸 따라다니고, 엄마 옆에서 자려고 동생과 싸우던 우리 딸이 이젠 "내가 알아서 할게"라고 하고, 엄마 늦게 들어오고 집을 비우면 은근 좋아하는 아이로 부쩍 커 버렸네. 어느 때는 서운하기도 하고, 속상하기도 하지만 우리 유민이가 건강한 청소년으로 잘 자라고 있다는 증거로 견디고, 담아주고 바라보고 있단다. 서운함. 속상함 뒤엔 흐뭇함, 뿌듯함, 대견함이 있지.

유민아, 네가 초등학교 1학년 때 일하고 있는 나에게 전화해서 했던 말 기억나니?

"엄마~ 하늘 좀 봐봐, 하늘이 너~무 예뻐! 빨리 하늘 좀 봐봐~."

그때 얼마나 울컥하면서도 감동이었는지 몰라. 이제 막 학교에 들어간 너를 두고 일하는 엄마에게 투정 부리지 않고, 언제 오냐고 재촉하지도 않고, 오히려 하늘이 너무 예뻐서 엄마도 보게 하려는 너의 그 예쁜 마음이 얼마나 내 삶에 큰 선물이 되었는지 몰라.

엄마는 지금도 예쁜 하늘만 보면, 10년이 지난 일이지만 그때가 생각나. 너의 목소리가 들리면서 웃음을 짓게 되고, 발걸음을 멈춰서 하늘을 바라보게 된단다. 유민아, 앞으로 분주한 삶이 이어질 텐데, 그 가운데에도 지금처럼 이 순간에 머물러 충분히 느끼고 즐기는 유민이가 되길 바랄게.

네가 초등학교 1학년 여름쯤에 피부질환으로 온몸에 피부 이상 증상이 있었을 때, 기억나니?

다른 친구들이 그 모습을 보고 다른 의도 없이 보고 느낀 대로 "징그럽다, 왜 그래?"라고 했을 때, 학교 가기 싫어하고 마음 아파할 때 엄마도 얼마나 아팠는지 몰라. 엄마는 그 이후로 순수한 마음이어도 다른 사람에게는 상처가 될 수도 있다는 걸 알게 되었어. 그 후로는 말조심하고, 사람마다 개인적인 사정과 상황이 있을 거라 생각하고 함부로 비판하거나 평가하지 않으려고 많은 노력을 하고 있단다.

우리 유민이도 친구들에게 상처 되는 말보다 위로해주고, 격려해주며 용기를 주는 사람이 되었으면 좋겠어. 나와 다른 관점과 생각을 수용하고 존중해주면서^^

유민아, 중학교 2학년 때 자전거로 제주도에 통일기원국토순례 갔던 일, 기억나니? 그때 너는 마지막 종착지를 남기고 자전거 뒷바퀴에 브레이크가 걸려서 잘 나가지 않아 뒤처지게 되는 상황이 되었지. 하지만 우리 유민이는 끙끙거리면서도 포기하지 않고 끝까지 자전거를 때로는 끌면서, 또 때로는 타고 오는 모습을 보고 얼마나 대견했는지 모른단다. 주어진 일과 선택한 일에 대해서 책임을 다하고 최선을 다하는 모습이 얼마나 고맙고 대견하던지!

앞으로도 네게 맡겨진 일과 네가 선택한 일을 즐기면서 이겨내는 유민이가 되었으면 좋겠어. 늘 새로운 것에 대해 기대감으로 도전하며 즐기는 우리 유민이가 너무 예쁘단다.

유민이가 미국 교환학생 프로그램에 참여하고자 할 때, 주위에서 알아봐 주신 분, 기도해주시는 분, 유민이를 가족으로 받아주신 호스트 가족, 관심을 가지고 모든 과정을 관리해주신 분들, 등등 참 많은 분이 우리 유민이를 위해 애써주셨지.

우리 유민이가 이렇게 건강하고 멋지게 자라고 있는 것은 하나님과 주위 분들의 도움과 사랑으로 만들어진 것처럼 네가 가진 재능과 사랑을 나누고 베푸는 사람이 되었으면 좋겠어.

늘 윈-윈의 방법을 선택하는 지혜로, 함께 성장하고 행복한 유민이가 되길 바랄게.

유민아,

하늘이 너무 예쁘다. 하늘 한 번 봐봐~.
앞으로도 너의 그 목소리를 기억하며 웃음 지을 엄마가.

2020년 봄이 오는 길목에서
유민이를 사랑하는 엄마가

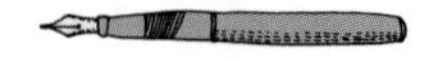

'지금 가도 되잖아?'

어렸을 때부터 영화 <나홀로 집에 2>를 보고 뉴욕에 대한 환상이 생겨 미국이라는 나라와 사랑에 빠진 나. <글리(Glee)>라는 '미드'를 포함한 여러 영화와 드라마 시리즈를 보며 더더욱 꿈을 키워갔다.

'나중에 커서 미국에 여행 가야지', '나중에 미국에서 살아야지' 하며 줄곧 생각만 해왔던 어느 날 밤이었다.

문득 **'왜 항상 나중을 다짐하는 거지? 지금 가도 되잖아'** 하는 생각이 든 나는 (어디서 들었는지, 언제부터 내가 교환학생 프로그램을 알고 있었는지도 모르겠지만) 검색창에 '미국 교환학생'이란 단어를 쳤고, 나이가 만 15~18세에 해당하는 사람이면 누구나 이 프로그램에 신청할 수 있다는 사실을 알아냈다.

한 5분 정도 기본적인 정보를 알아낸 나는 생각보다 자격 조건이 까다롭지 않다는 사실에 놀라며 충동적으로 미국을 가기로 혼자 결정을 내렸다.

그날 밤, 자기 전에 거실에 있던 엄마 아빠에게 거의 통보식으로 교환학생으로 미국에 가겠다는 이야기를 꺼냈고, 부모님은 당황한 기색도 없이 그러라고 대답했다.

그날 이후 나는 더 많은 정보를 찾아보기 시작했고, '애임하이교육'이라는 미국 유학원을 드디어 찾아냈다.

곧 애임하이교육을 찾아가 상담을 받고 테스트까지 아슬아슬하게 통과한 나는 2018년 여름에 출국하기로 결정, 계약서를 작성했다.

때는 2017년 6월쯤이었고, 출국하기까진 1년도 넘게 남은 상황. 처음 몇 달은 설렘과 기대로 가득 차 하늘을 나는 것 같았다. 하지만 시간이 가면 갈수록 그런 감정들은 점점 사그러들었고, 다음해 3월 말에 배정이 완료된 후 나의 기대는 완전히 사그라져버렸다.

왜냐하면 미국 남부의 루이지애나주의 깡촌에 배정이 되었기 때문이다. 학교는 Pre-K부터 고등학생까지 다 다니는데, 전교생이 250명도 되지 않았다. 곧 호스트 여동생인 조시(Josie)와 스카이프로 대화를 시작했지만, 설레지 않는 건 어쩔 수 없는 일이었다.

미국 드라마나 영화에 나오는 전형적인 집과 동네, 큰 학교를 원했던 나는 왜 하필이면 내가 이런 시골에 배정이 되었을까 하는 실망감, 절망감에 빠지기 시작했다. 출국 한두 달 전에는 결국 애임하이에 재배정을 해달라고 '클레임'을 걸었다(물론 실패했다).

어쨌거나 시간은 빠르게 흘러, 어느새 출국 날이 코앞으로 다가왔다.

드디어 내가 떠나는구나, 하며 당일 새벽이 되어서야 짐을 싸기 시작했다. 언제나 해야 할 일을 직전까지 미루는 내 특성은 한국을 떠나 미국을 간다는 엄청난 사실 앞에서도 다르지 않았다.

"그리고 드디어 2018년 7월 31일,
인천 공항에서 가족들과 작별인사를 나눈 후
그들을 뒤로 한 채 나는 발걸음을 옮겼다.
어린 나의 꿈이 이루어지는 순간이었다."

Contents

추천사 교환학생 본연에 가장 충실한, 그러면서 가장 솔직한 유민이의 체험기 005
시니어가 주니어에게 1 엄마가 보내는 편지 008
프롤로그 '지금 가도 되잖아?' 012

Part 1 무엇이 나를 미국에 가게 했나

필리핀 어학연수 021
또 다른 외국 체험, 가족 유럽 여행 025
중국 교환학생을 다녀오다! 034
'영어와 미국'이 내 세계로 들어오다 040

Part 2 Hello US!

드디어 미국 땅을 밟다 049
일 년 동안 함께한 가족들 054
나의 미국 학교, 캘빈고등학교 063
일 년 동안 영어만 쓴다는 것은 069

Part 3 기분이 살짝 묘했던 '특별한 경험'

동화 같았던 카메론에서의 캠핑 077
'돼지 쇼'에 나가본 사람? 085
너무나도 자유로운 학교생활 091
단 한 번뿐인 '프롬' 096

Part 4 내 인생 첫 연애!

어쩌면 첫눈에 반한 걸지도 몰라 107
송유민, 모태솔로 탈출하다! 114
미국 연애는 한국이랑 많이 달라? 124
마냥 좋을 순 없잖아 133

Part 5 미국 문화 & Facts

내가 경험했던 '소소한' 미국 문화 141
루이지애나에 살아봤니? 149
'미국 연애 = 드라마?!' 152
와이파이 문제, 어디까지 겪어 봤니? 161

Part 6 Trouble, trouble, trouble…

가족들과의 트러블 169
여동생 조시와의 트러블 177
남자친구와의 이별 186
친구 그리고 친구 198

Part 7 작별인사

모든 친구의 이름이 태극기에 207
가족들과의 마지막 여행 211
친구와 함께라서 특별했던 애틀랜타 자유여행! 220
한국, 오랜만이야! 230

에필로그 무언가를 원하는 게 있다면 238
시니어가 주니어에게 2 아빠가 보내는 편지 240

WHA

Part 1

무엇이 나를 **미국에** 가게 했나

“덥고 습한 날씨라서 반바지에 반팔 하나 걸치고 화장조차 시작하지 않았던 그때의 나는 멀리 떨어져 있는 부모님이 그립지도 않았다. 주말마다 친구들이 선생님들의 휴대폰으로 부모님과 통화하며 엄마, 아빠가 보고 싶다며 울 때 유일하게 울지 않은 나였다.

● ● ● ● 내가 초등학교 5학년 때의 일이었다(너무 오래 전 일이라 기억이 잘 나지 않지만, 기억을 더듬어 써보겠다). 교회 사모님을 통해 필리핀 어학연수 프로그램을 알게 된 나의 부모님은 나와 동생을 3주간 필리핀에 보내기로 결정했다. 몇몇 교회 사람과, 프로그램을 진행하는 선생님이 운영하시는 학원 사람들이 함께 팀을 이루어 2013년 여름, 필리핀으로 떠나게 되었다. 처음으로 가보는 외국이었지만, 겁이 나기는커녕 신이 날 뿐이었다. 영어의 '영'자도 모르던 때였지만, 마냥 설레는 마음을 안고 필리핀으로 향하는 비행기에 올랐다.

마닐라 공항에서 우리가 지낼 일로일로(Iloilo)라는 도시로 가는 비행기로 환승했다. 한 시간이 좀 넘는 비행 후 우리는 일로일로에 도착했고, 우리를 맞이하는 후덥지근한 공기에 나는 우리가 필리핀에 왔다는 것을 실감했다. 곧 숙소에 짐을 풀고 간단한 오리엔테이션이 진행되었다. 팀원 중 남자는 다섯 명이 넘었던 데에 비해 여자는 나와 내 학교 친구, 처음 만난 언니 두 명으로 총 4명이었다. 영어에 능통한 필리핀 현지 선생님들이 10여 명,

가사도우미 아주머니 세 명이 계셨다. 다음날부터 바로 영어 수업이 진행되었다.

각 학생은 매일 다른 장소(예를 들면 숙소 2층 방이라든가 발코니, 또는 야외의 그늘 밑 등)에 배정이 되었고, 선생님들이 학생들이 있는 곳으로 이동하여 수업을 진행하는 식이었다. 하루에 6번의 수업이 있었기에, 매 교시마다 6명의 다른 선생님을 만나는 꼴이었다. 한번 정해진 선생님들은 고정이 되는 데다가, 한 시간 가량을 1대 1로 수업해야 했다. 그랬기에 나와 맞지 않는 선생님의 수업시간이 다가올 때면 속으로 징징거릴 수밖에 없었다. 실제로 내가 정말 싫어하는 행동들을 습관처럼 하시는 선생님이 한 분 계셨는데, 그렇다고 선생님을 바꿔 달라고 할 수는 없는 노릇이라 3주를 내 '멘탈'을 붙잡고 버텼던 것 같다.

솔직히 말하자면 수업은 거의 문법 위주로 진행되어 이해되는 내용이 거의 없었지만, 선생님들과 손짓발짓 써가며 수다를 떠는 재미가 있어서 괜찮았다. 나의 하루를 버티게 했던 건 역시나 점심과 저녁 식사였다. 4교시까지 마치고 먹는 점심, 그리고 주어지는 짧은 휴식시간 동안 친구들과 이런저런 이야기꽃을 피웠다. 저녁에는 주로 필리핀 전통 음식과 달달한 디저트가 나왔는데, 다 먹고도 더 먹으면 안 되냐는 말이 나올 정도로 아주머니들 요리 솜씨가 정말 대단했다.

나의 첫 외국 생활

주말에는 주로 지프니(Jeepney)라는 대중 교통수단을 이용하여 쇼핑몰에 갔다. 난생처음으로 나에게 일정한 돈이 주어졌고, 그 돈을 현명하게 써야 할 때가 온 것이다. 동남아라서 물가가 우리나라보다 훨씬 더 싸긴 했지만, 만일을 대비해 주로 코코넛 셰이크나 망고 셰이크 등 먹거리를 주로 사 먹으며 돈을 아껴 썼다.

처음으로 외국에서 혼자 돈 쓰는 법을 배운 계기가 된 것이다. 우리가 머무르는 집 주변에 꼬치를 파는 집이 있었는데, 한국 돈으로는 한 개에 몇백 원 안 되는 돈이었다. 닭 내장 등을 꼬치에 꽂아 파는 거라 처음에는 거부감이 들었지만, 한 번 맛을 본 후 한 번에 서너 개 이상을 사 먹을 정도로 좋아하게 되었다.

또 한 가지 나에게 문화 충격을 주었던 음식은 '발룻(Balut)'이었다. 발룻은 부화 직전의 달걀인데, 필리핀에서 자주 즐겨 먹는 간식이다. 껍질을 깠는데, 병아리 모양의 노른자 비슷한 형체가 들어있었다. 그런데 거기에 눈이 달려 있었다. 대부분은 충격을 받아 손을 대지도 않고 기겁한 기억이 있다.

그러다 한 친구가 용기를 내어 발룻을 한입 먹었는데, 모두로부터 비난과 야유를 받았다. 지금 돌아보면 새로운 문화에 도전하려는 그 행동이 대단하다고 느끼지만, 그때는 아무리 문화를 들먹이더라도 병아리를 먹었다는 사실이 받아들이기 힘들었을 뿐이다. 마지막 3~4일 동안은 여행지 중 명소로 손꼽히는 '보라카이'에서 맑은 바닷물과 해변을 즐겼다.

덥고 습한 날씨라서 반바지에 반팔 티 하나 걸치고 화장조차 시작하지 않았던 그때의 나는 멀리 떨어져 있는 부모님이 그립지도 않았다. 주말마다 친구들이 선생님들의 휴대폰으로 부모님과 통화하며 엄마, 아빠가 보고 싶다며 울 때 유일하게 울지 않은 나였다. 그만큼 적응을 잘한 게 아닐까 싶다. 이렇게 나의 첫 외국 생활은 어린 나를 한 단계 성장하게 도와주었을뿐더러 외국에 대한 긍정적인 마인드도 생기게 해주었다.

경험 그 자체에서 지혜를 얻기보다는
경험을 쌓으면서 보이는 역량을 통해
지혜를 얻게 된다.

– 조지 버나드 쇼

또 다른 외국 체험, 가족 유럽 여행

●●●● 내가 중학교 1학년 때, 그러니까 지금으로부터 4~5년 전인 2015년 여름에 우리 가족은 유럽으로 3주간 자유 배낭여행을 떠났다. 아빠가 여행 6개월 전부터 모든 일정을 다 짜고 예약하셨다. 네 식구 다 같이 해외여행을 가는 것은 처음인 만큼 엄청난 설렘과 기대를 안고 비행기에 올랐다. 길고 긴 비행을 마치고 밟은 첫 도착지는 영국 런던이었다.

런던이 우리가 머물 곳 중에 비교적 안전한 도시라는 아빠의 말에 나는 의아했다. '그럼 다른 곳들은 안전하지 않다는 말인가?' 하는 걱정이 들기도 했다. 세계적으로 치안이 좋기로 유명한 우리나라이기에 한국에 있을 때는 당연하게 여겼던 것이 바로 '안전'이었기 때문이다.

어쨌든 우리는 캐리어를 끌고 4일간 묵을 빌라로 향했다. 짐을 풀고 동네를 돌며 런던에 온 기분을 만끽하기 시작했다. 차도와 인도, 거리의 건물들까지 영화에서나 볼 법한 중세적인 느낌으로 지어진 것을 보고 두 눈이 휘둥그레졌다. 영국에 있는 동안은 2층버스와 지하철 '언더그라운드'를 교

통수단으로 이용했다. 런던 지하철이 세계에서 가장 오래된 도시철도라는 말에 평소에도 대단하다고 느낀 한국 지하철은 영국에 비하면 왠지 '쨉'도 안 될 것 같다는 생각이 들었다.

낮에는 주로 현지 워킹 투어를 했다. 한국 배낭 여행객 그룹을 투어리스트 한 분이 담당하셨다. 관광버스를 타고 이동 후 내려서 관광지를 여행하는 형식으로 투어가 진행되었다. 가장 기억에 남는 곳은 <해리포터>

시리즈의 촬영지인 옥스퍼드 대학이다. 해리포터를 팬으로서 막 좋아하는 건 아니었지만, 어쨌건 세계적으로 사랑받는 영화의 배경이 되는 곳에 내가 서 있다는 사실이 신기했다. 영화처럼 꾸며 놓은 복도, 교실 등을 직접 보니, 내가 영화 속에 있는 것 같은 기분도 들었다.

셋째 날 우린 <라이온 킹> 뮤지컬을 보러 갔다. 과연 음악, 배우들의 연기와 연출까지 정말 훌륭했고, 어렸을 때 애니메이션으로 봤던 <라이온 킹>의 스토리가 내 눈앞에서 생생히 펼쳐지고 있다는 게 정말 꿈만 같았다. 런던 하면 빼먹을 수 없는 '런던아이'에 탑승하기 전에 근처에서 영국의 대표 전통 음식인 피시앤드칩스(Fish and chips)를 먹어보고 역시 전통 음식은 한국이 최고라는 생각을 할 수밖에 없었다.

프랑스 파리와 스위스 인터라켄 거리에서

다음 목적지는 프랑스 파리였다. 영국과 프랑스를 연결하는 유로 해저 터널(Channel Tunnel)을 이용해 비행기를 타지 않고 프랑스에 도착했다. 인류의 기술 발전의 대단함에 새삼 놀랐다. 프랑스에 있는 동안에도 손에 꼽히는 관광지 몇 군데를 관광했는데, 가장 기억에 남는 곳을 꼽자면 베르사유 궁전과 에펠탑이다. 베르사유 궁전 정원은 말로 형용할 수 없이 아름다운 풍경이 끝없이 펼쳐져 있었다.

각이 잡힌 형태로 정리된 나무 덤불들과 높게 드리운 나무들, 그리고 화려한 꽃들이 어딜 가든 눈에 보였고, 나는 마치 꿈속에 있는 듯한 느낌을 받았다. **천국이 바로 이런 모습이지 않을까 상상했다. 에펠탑 꼭대기 전망대에 올라가 땅을 내려다보았을 때는 내가 뭔가를 이루었다는 성취감을 느꼈다.** 비록 내 두 다리가 아닌 엘리베이터를 타고 올라간 것이었지만 말이다. 높이가 높은 만큼 바람이 거세게 불어 추위에 달달 떨 수밖에 없었다. 하지만 곧 어두워진 하늘과 높은 곳에서 내려다보는 야경이 너무 아름다워 넋을 놓고 바라보는 것 외에 다른 곳에는 신경 쓸 겨를이 없었다.

파리에 4일간 머물고 향한 곳은 스위스 인터라켄이었다. 알프스산에서 하이킹을 한 것과 피르스트에서 패러글라이딩을 탔던 것이 제일 기억에 남는다. 융프라우요흐 정상에서 산악열차를 차고 내려오는 도중에 산맥을 따라 걷는 동안, 건물 한 채 없는 자연을 그대로 만끽할 수 있었다. 마치 스위스 동화 〈알프스 소녀 하이디〉의 주인공인 하이디가 된 기분이었다. 따스한 햇살아래 우리는 클라이네 샤이텍까지 몇 시간을 하이킹했고, 그다음 그날의 하이라이트였던 패러글라이딩이 우리를 기다리고 있었다.

산언덕머리에서 전문가들을 기다리는 동안 야생에 풀어져 길러지는 소들을 바로 코앞에서 보았다. 소들의 목에는 커다란 방울이 달려 있었는데, 소들이 움직일 때마다 맑은 종소리가 메아리처럼 퍼져 나갔다. 그러나 약속 시간이 다 되어도 우리는 좀처럼 패러글라이딩을 탈 수가 없었다. 바로

'구름' 때문이었다. 약간 흐릿한 날씨 탓에 하늘에 구름이 너무 많이 껴서 안전상의 문제가 생길 수 있었다. 하지만 되려 그 덕분에 우리는 구름 속에 갇히는, 잊지 못할 경험을 할 수 있었다. 커다란 구름이 바람을 타고 우리 쪽을 향하여 움직인 것이다. 구름 때문에 눈앞은 마치 안개가 낀 듯 뿌옇고, 나는 어렸을 때부터 꿈꿔온 것처럼 구름을 만지고 싶어서 팔을 활짝 폈다.

물론 구름은 내 손에 잡히지 않고 나를 관통해 지나갔다. 곧 구름이 걷히고, 드디어 우리 가족은 패러글라이딩을 탈 수 있었다. 각자 전문가의 도움을 받아 낙하산 장비를 착용하고, 마지막으로 남은 건 함께 빠른 속도로 달려 땅에서 벗어나는 일이었다. 먼저 출발한 엄마와 다르게 나는 좀처럼 발이 떨어지지 않았다.

벼랑 끝에서 뛰어내리는 순간, 순식간에 땅으로 처박힐 것 같다는 두려움 때문에 힘껏 달리다가도 다리에 힘이 풀려 두어 번 정도 실패하고 말았다. 하지만 내가 겁을 먹는다고 좋을 게 없다는 걸 깨닫고 마지막 시도를 했다. 정신을 차려보니 나는 하늘을 날고 있었다.

발밑에 펼쳐진 풍경은 내가 평생 잊지 못할 만큼 아름다웠다. 따뜻한 햇볕과 선선한 바람, 푸른 하늘까지 모든 게 완벽했다. 시내로 돌아와서는 유럽 분위기가 물씬 풍기는 거리를 걷다가, 스위스 대표 요리인 퐁듀를 먹었다.

이탈리아에서의 추억

마지막으로 여행한 나라는 이탈리아였다. 베네치아, 피렌체(플로렌스), 로마 총 세 군데에서 머물렀다. 개인적으로 수상 도시인 베네치아가 내가 생각했던 가장 전형적인 이탈리아의 모습에 가까웠던 것 같다. 우리 가족이 머물던 호텔 발코니에서 시내가 훤히 보였고, 동네를 걸으면 널리고 널

린 게 수로와 곤돌라를 타고 이동하는 사람들이었다. 베네치아 도시 내에는 차가 단 한 대도 다니지 않았고, 모든 이동은 튼튼한 두 다리와 배로 할 수밖에 없었다. 그게 바로 '물의 도시' 베네치아의 매력이라고 생각한다.

이튿날, 우리는 무라노섬과 부라노섬으로 향했다. 배를 타고 이동했는데, 섬이 가까워질수록 심장이 쿵쾅쿵쾅 뛰었다. 더 기억에 남는 곳은 부라노섬이었는데 경치가 정말 가관이었다. 바다를 중심으로 양쪽에 가지각색의 네모난 집들이 일렬로 쭉 늘어져 있었는데 마치 그림처럼 정말 예뻤다. 유리공예로도 잘 알려진 그곳에서 조그마한 유리로 만들어진 팔찌를 샀는데 아직도 가지고 있다. 가끔 서랍을 뒤지다 그 팔찌가 눈에 띄면 손목에 끼고 다니는데, 그럴 때마다 잠시 동안 이탈리아에서의 추억에 잠긴다. 피렌체에서는 말로만 듣던 피사의 사탑을 방문해 계단으로 탑의 꼭대기까지 올라가 보았다.

마지막으로 우리는 로마에 4일동안 머물렀다. 세계에서 가장 작은 국가인 바티칸을 비롯해 트레비 분수, 콜로세움 등을 둘러 봤다. 화산 폭발로 사라진 도시 폼페이와 소렌토, 포지타노 등의 많은 관광지도 방문했다.

특히 포지타노는 <내셔널 지오그래픽>에서 선정한 죽기 전에

꼭 가봐야 하는 곳 1위로 꼽히는 아주 아름다운 해안마을인데, 나에겐 좋지 않은 기억이 한 가득이다. 사실 한창 질풍노도의 시기를 겪고 있었던 중1 시절의 나는 눈만 뜨면 동생과 으르렁거리며 싸우기 바빴다. 인천 공항에서 비행기를 기다리면서부터 3주간의 여행 내내 우리가 싸우지 않은 날은 없다고 해도 과언이 아닐 정도로 우리는 서로를 못 잡아먹어 안달이었다.

그 싸움은 명소인 포지타노에서 최고 절정에 이르렀고, 결국 지친 부모님은 우리를 내버려둔 채 관광을 시작하셨다. 우리 둘만 덩그러니 남겨지고 나서야 사태의 심각성을 깨닫고 급하게 휴전을 선언했지만, 이미 우린 오갈 데 없는 상황이었다. 어찌어찌하여 다시 엄마, 아빠를 만나 바다에 발을 담그고 사진을 찍었지만, 우리가 여행 내내 싸우지 않았다면 훨씬 즐거운 기억이 남았을 거라는 아쉬움이 한가득 남았다.

처음으로 가본 유럽의 아름다움은 열네 살 나의 가슴을 벅차게 하는 데 충분했다. 유럽 여행을 통해 한국에만 맞춰져 있었던 내 시선의 폭이 넓어졌고, 후에 교환학생으로 미국에 가서도 다양한 문화를 받아들이는 데 도움이 되었다.

보석처럼 귀중한 경험은 종종 엄청난 보상을 안겨주기도 한다. **- 윌리엄 셰익스피어**

중국 교환학생을 다녀오다!

내가 중학교 2학년(2016년) 때의 일이었다. 엄마의 직장 동료분이 이런 프로그램이 있는데 자녀들을 보내봐라~ 하며 경기도에서 주최하는 4박 5일 동안의 중국 교환학생 프로그램을 소개해주셨다. 엄마는 곧 나에게 그 프로그램을 권유했고, 혼자 가기는 싫어한 나를 위해 임민지도 설득하여 같이 중국에 가게 되었다. 여기서 잠깐 임민지를 소개하자면, 우선 나와 임민지는 외가쪽 육촌 관계이다. 당시에는 막 친한 사이가 아니었고, 일 년에 한두 번 친척끼리 모여 밥을 먹을때 얼굴을 보는 정

도였다.

어쨌거나, 함께 중국(경기도×광저우 자매결연) 교환학생 프로그램에 지원하여 통과한 우리는 출국 한두 달 전에 다 같이 모여 이런저런 준비를 하는 동안 붙어 다니며 급속도로 가까워졌다. 그리고 드디어 대망의 5월 23일, 수련원에서 하루를 보낸 중국 교환학생팀은 아침 일찍 인천 공항으로 향했다. 그리고 약 두세 시간 후 한껏 들뜬 마음으로 우린 중국의 광저우 땅을 밟게 되었다.

경기도 측과 자매결연을 맺은 어느 한 고등학교 앞에 관광버스가 멈춰 섰고, 각 학생은 자신의 이름이 적힌 종이를 들고 있는 중국인 학생을 찾아가야 했다. 사실 지금은 너무 오래되어서 이름도 기억나지 않지만, 매우 친절하고 착하게 생긴 나의 호스트 언니를 보고 조금 안도를 할 수 있었다. Hello! 인사를 한 후, 영어로 말문을 트기 시작했다. 하지만 영어를 잘하지 못했던 그 시절의 나는 그녀의 말 속도를 따라가지 못해 무진장 애를 먹었던 기억이 난다.

일주일에 한 번씩 중국어 수업을 몇 년간 꾸준히 받아왔던 탓에, 나는 간단한 문장과 몇몇 단어는 중간중간 중국어로 말할 수 있었다. 난생처음 밟은 중국이라는 땅에서 난생처음 보는 사람과 모국어가 아닌 2가지의 언어로 대화를 할 수 있다는 게 나에겐 너무 신선했던 것 같다.

임민지가 자기 호스트에게 밥을 먹었냐며 학교에서 배운듯한 중국어를 써먹었지만, 성조가 다 틀리는 바람에 그는 알아듣지 못했다. 내가 나서서 "니 츠 판 르어 마?(밥은 먹었어?)" 하고 물으니 바로 알아듣는 중국인들과 그런 나를 경이롭다는 듯 바라보는 임민지 앞에서 내 어깨는 으쓱 올라가고 말았다. 아무튼, 우리는 각자의 호스트와 함께 학교 투어를 시작했다. 우리가 방문했던 학교는 중국의 상위 몇 퍼센트의 고등학생들만 다니는 곳이었다.

한국에서는 절대 보지 못한 엄청난 규모의 학교는 내 가슴을 설렘으로 두근거리게 하기에 충분했다. 그리고 시금치를 연상시키는 초록색 교복을 입은 학생들이 넓고 넓은 캠퍼스를 돌아다니고 있었다. 곧 교환학생은 다 같이 어떤 건물로 들어가 선서 프로그램에 참여했고(매우 형식적이고 지루했다), 한국인 교환학생들을 환영하는 공연을 보러 학교 강당으로 이동했다. 중국의 전통 무용, 합창 등 문화적인 무대가 많았고 우리 학생들도 케이팝 댄스 등 맞공연을 했다. 그 후 다같이 저녁 식사를 했고, 새로운 중국 음식을 많이 접하며 같은 테이블에 앉은 친구들과 친목을 다질 수 있었다. 그날 밤은 호스트의 아파트에서 묵었고, 거실에서 다 함께 다과를 먹으며 이야기를 나눴다.

겨우 이틀이었지만,
교환학생 생활의 '첫경험'을 하다

다음날은 중국 학생들과 같은 시간에 함께 등교해서 한국 학생들만 모여 이런저런 수업을 받았다. 작은 부품들을 조립한 뒤 컴퓨터와 연결해 작동시키는 수업, 그리고 중국 전통 한지 위에 먹으로 서예를 하는 수업 등 여러 가지 문화 체험을 했다. 점심도 학교에서 먹었는데, 솔직히 낯설게 생긴 음식들에 너무 충격을 받아 거의 입에 대지 못했다.

점심을 먹은 후 학교를 돌아다니기 시작했는데, 나는 다시 한번 학교의 규모에 놀라고 말았다. 엄청난 크기의 트랙, 농구 경기장, 잔디밭뿐만 아니라 실내 수영장이 있는 건물이 따로 있을 정도였다.

한국에서 교환학생이 왔다고 노래도 케이팝을 틀어주었다. 내가 좋아하는 가수의 노래도 나와서 기분이 좋았다. 남학생들이 농구 경기를 하는 걸 둥그렇게 서서 구경하는데, 몇몇 중국 학생들이 내가 신기한지(한국 교환학생임을 알리는 명찰을 달고 있었다) 말을 걸어왔다. 그중 서툴게 한국어로 "안녕하쎄여!" 하며 인사를 하는 남학생을 만났다. 이 남학생과는 나중에 위챗으로 연락이 닿아서 한국에 와서도 잠시 연락을 계속 이어갔다.

그날 저녁, 우리 가족은 한국 식당에 가서 한식을 먹은 후 아이스 스케이트장에 가서 스케이트를 탔다. 우리나라 스케이트장과 달랐던 점은 복장이나 안전장비 착용이 필수가 아니었다는 것이다. 헬멧과 장갑을 착용하지

않고 미니스커트를 입은 채 입장이 가능했다. 초등학생 때부터 매년 한 번 이상은 아이스 스케이트를 타왔던 나는 가볍게 링크장을 달렸고, 걸음마 수준인 호스트 언니의 양손을 잡고 부축해주며 즐겁게 보냈다.

다음 날 아침, 모든 교환학생들과 호스트들이 학교 앞에 모여 사진을 찍은 후 작별인사를 나눴다. 겨우 이틀이었지만 처음 교환학생으로서 생전 처음 보는 낯선 사람들과 같은 집에 머물렀다는 점, 문화를 교류했다는 점이 잊지 못할 경험이었던 것 같다.

남은 이틀은 베이징에서 관광하며 보냈다. 골목길 곳곳에서 여러가지 음식과 물건을 파는 시장을 구경 갔는데, 정말 온갖 음식이 다 있었다. 다리 달린 건 책상 빼고 다 먹는다는 중국답게 정말 말로만 듣던 전갈 꼬치, 불가사리 꼬치, 도마뱀 튀김 등 구역질 나오게 생긴 것들이 정말 많았다. 우리는 모두 문화 충격을 받았다. '세계 미스터리 탑 7'에 꼽히는 만리장성도 직접 올라가 보았고(물론 끝까지 가는 건 엄두도 내지 못했지만) 이화원, 천왕문 광장 등 중국 베이징 명소를 다 관광했다.

밤에는 프라자 호텔에서 임민지와 같은 방을 쓰게 되었다. 처음으로 친구와 단둘이 호텔에서 묵었다는 점도 나에겐 정말 의미 있고 특별했다. 난생 처음으로 접한 '교환학생 프로그램'은 내가 몇 년 후 미국 교환학생을 가게 된 또 하나의 계기가 되었다.

인생은 경험의 연속이다.
그리고 자신이 무언가를 경험하고 있다고 자각하지 못할 때조차 경험은 인간을 성장시킨다.
우리는 스스로의 자질을 발전시키고, 전진해나가며, 좌절과 슬픔을 이겨내는 법을 배워야 한다.
–헨리 포드

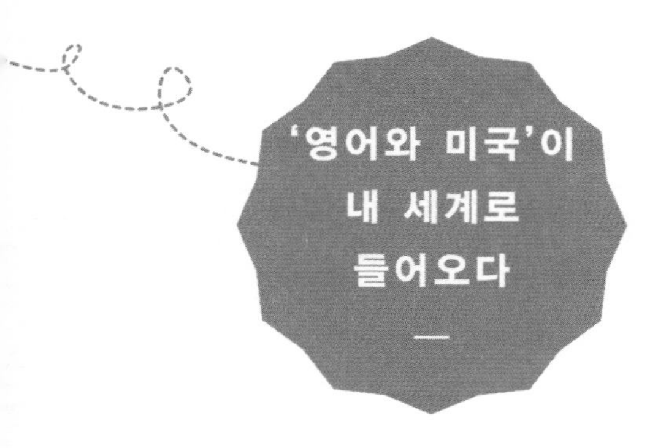

초등학교 1학년 때 영화 <나 홀로 집에> 시리즈를 처음 보았고, 나는 2편에서 주인공 케빈이 돌아다니는 뉴욕의 풍경에 반해버리고 말았다. '나중에 커서 미국, 특히나 뉴욕에 꼭 가봐야지'라는 꿈이 생긴 것이다.

그러다가 중 2로 올라가는 겨울방학 때, 친구의 추천으로 '글리(Glee)'라는 미국 뮤지컬 드라마를 보게 되었다. 오하이오주에 있는 '윌리엄 맥킨리'라는 가상의 고등학교의 글리라는 음악 클럽에서 벌어지는 일들을 다룬 드라마인 <글리>는 나에게 미국 고등학교에 대한 환상을 심어주었다.

미국식 인사나 대화, 풋볼팀 주장과 치어리더 단장의 연애, 점심시간의 카페테리아, 캠퍼스를 돌아다니며 만나는 수많은 친구 등등. 내가 원하는 정말 이상적인 미국 고등학교의 모습을 나에게 보여준 것이다(물론 드라마는 드라마일 뿐, 모든 게 우리가 상상하는 것과는 다르다는 점을 기억하자).

스토리를 전개해 나가는 중간중간 퀸 또는 비틀즈, 비욘세 등의 수많은 유명가수의 노래를 리메이크, 메쉬업 등의 방식으로 커버했고, 덕분에 나는 교환학생으로 미국에 가서도 노래에 대한 지식에 있어선 웬만한 미국 친구들에게 뒤처지지 않았다.

엄마의 헌신적인 교육 열정으로!

초등학교 4학년 때쯤, 엄마가 나와 남동생에게 '잠수영어'라는 것을 처음 시켰다. '잠수영어'는 영어 공부법 중 하나인데, 사교육을 최대한 받지 않고 영어 도서와 CD, 영화나 드라마로 자녀들을 영어에 자연스럽게 노출하는 것이 주된 공부법이다. 초등학교 3학년 때 난생처음 ○○영어학원 학습지로 1년 반 정도만 기초적인 것들을 배운 후였기에, 글자가 아주 크고 페이지가 적은 책들을 위주로 리딩을 시작했다.

페이지가 좀 많은 책은 CD를 들으며 펜으로 문장을 하나하나 따라가며 내용을 놓치지 않게끔 했다. 대부분의 영어책은 도서관에서 대출했고, 3분의 1정도 되는 시리즈물 도서는 구매를 했고, 한 권의 책마다 최소 3번 정도 복습을 했다. 거짓말 하나 안 보태고, 나는 아직도 내가 무슨 시리즈의 도서를 읽었는지 전부 기억이 난다. 또, 엄마는 매일 저녁을 먹으며 미국 드라마나 영화, 또는 애니메이션을 꼭 1시간 이상, 자막 없이 보게 시켰다. 물론 쏟아져 나오는 영어 대사를 나와 동생이 자막도 없이 다 이해할 길은 없었다.

하지만 엄마는 '영화에 나오는 장면과 분위기를 통해 내용을 대충 유추하라'는 식이었고, 절대 자막을 켜지 못하게 했다. 가끔 엄마가 집에 없을 때면 몰래 자막을 켜고 봤던 것도 기억이 난다. 같은 책을 여러 번 복습할 때면 지루해져 엄마한테 투정을 부리기 일쑤였고, 가끔 『해리포터』처럼 아주 두꺼운 책들은 CD를 틀어 놓고 딴짓을 하는 등 항상 열심이었던 것은 아니었다.

몇 년간 이 모든 게 하루의 루틴으로 자리 잡을 정도로 엄마는 우리를 열정적이고, 헌신적으로 교육했다. 일주일에도 여러 번 도서를 반납/대출하기 위해 도서관을 찾았고, 우리 수준에 맞는 책들을 찾기 위해 짧지 않은 시간을 투자했다. 우리도 불평불만 하지 않고도 몇 년간 꾸준히 이런 식으로 영어를 공부한 덕분에 사교육을 거의 받지 않고 영어에 귀가 트이게 되었다. 하지만 그때는 그저 엄마의 교육 방침을 따랐던 것이지, 이때부터 내가 영어에 대한 흥미가 있었던 것은 아니었다.

내가 영어에 빠져든 사연은

중3 무렵에 영어에 대한 나의 관심과 열정이 정점을 찍었는데, 이유인즉슨 바로 '외국인 배우'였다. 중2때 여러 영화를 보다가 나는 수퍼 히어로들의 이야기를 다루는 MARVEL(마블)에 푹 빠져버렸고, 나아가 스파이더

맨을 연기하는 배우 톰 홀랜드(Tom Holland)에게 완전히 빠져버렸다(내가 팬으로서 꾸준하게 몇 년간 좋아해온 유일한 배우이다). 톰 홀랜드 덕질(한 분야에 몰입하는 활동, 혹은 팬 활동을 뜻한다)을 하기 시작한 나에게 가장 필요하다고 느낀 것은 다름아닌 영어 실력이었다.

내가 사랑에 빠진 이 귀엽고 잘생긴 남자가 무슨 말을 하는 건지 알아들으려면 지금보다 더 영어를 잘해야겠다는 생각이 들었다. 그렇게 나는 오직 이 톰 홀랜드의 말을 완벽히 알아듣기 위해 영어를 마스터하겠다는 불타오르는 열정과 의지를 갖고 더욱더 열심히 미디어를 시청하기 시작했다. 어느 정도 리스닝 실력이 있었기 때문에 이런 열정을 가지고 그의 인터뷰나 관련 기사를 찾아보다 보니, 나의 영어 실력은 쑥쑥 늘기 시작했다.

그도 그럴 것이, 단어 하나라도 처음 듣는 것이 있으면 사전에 검색해서 뜻을 익혔고, 그가 하는 말 한마디라도 내 머릿속에서 완벽히 번역되지 않은 채로 스쳐 지나가지 않게 했다. 그가 말한 문장에서 단어 하나가 잘 들리지 않으면 그 단어가 무엇인지 알아들을 때까지 그 부분을 무한재생했다. 더 나아가, 톰 홀랜드는 영국에서 태어나서 자란 배우였기 때문에 우리에게 익숙한 미국 영어(American English)와는 조금 다른 '영국식 영어(British English)'를 사용했다(본래 영어는 영국의 언어라서 이 표현 자체가 말이 안 되는 거지만 말이다).

따라서 나는 그가 내뱉는 수많은 영국식 표현들과 단어, 슬랭들을 자연스럽게 익혔다. 그를 통해 전혀 몰랐던 단어와 표현들을 차곡차곡 내 지식

창고에 쌓아가는 그 기분은 말로 설명할 수 없을 정도로 좋았다.

그를 향한 사랑이 너무 컸던 탓인지, 나는 그가 태어나고 자라온 영국에 다시 한번 가보고 싶다는 충동을 느꼈다. 그리고 언제나처럼 나는 부모님과의 상의도 없이 다음해 여름방학에 영국에 가겠다는 결정을 내렸다. 마침 나와 비슷한 이유로 영국에 가고 싶어하는 친구가 있었기에 함께 영국에 가기로 새끼 손가락까지 걸며 약속했다. 하지만 나의 변심으로 그 약속은 지켜지지 못했다. 결국 나는 오래전부터 꿈꿔왔던 '미국'을 선택한 것이다.

경험은 창조할 수 없다.
단지 체험하는 것이다.
– 알베르 카뮈

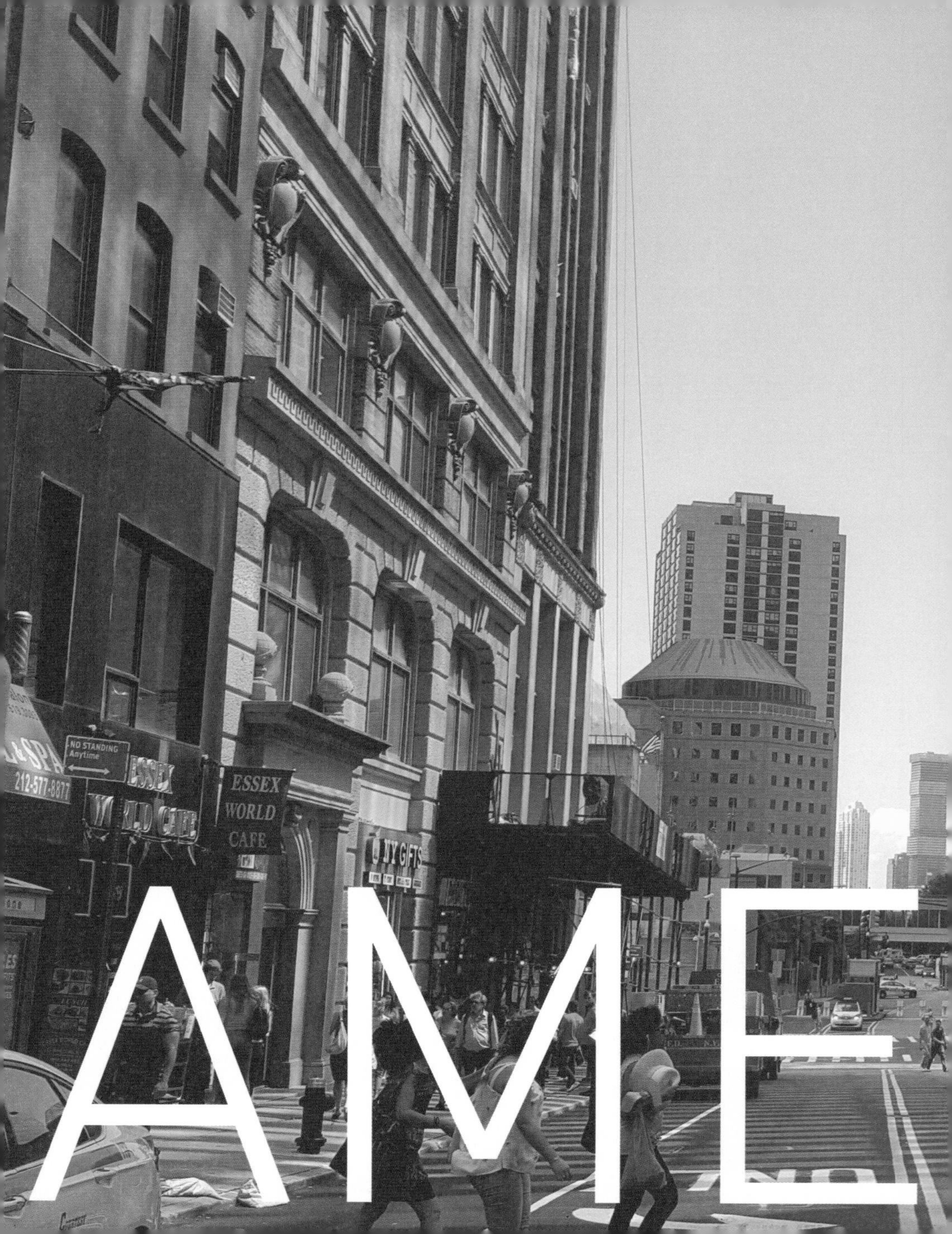
AME
NO STANDING
Anytime
212-577-8877
ESSEX
WORLD
CAFE
NY GIFTS

RICA
Part 2
Hello
US!
STOP

교환학생에게 호스트 가족이란 제2의 가족이다. 너무 뻔하고 당연한 말이긴 하지만, 말 그대로 호스트 가족은 가족이다. 우리가 엄마 뱃속에서 머리를 밀고 나오는 순간 우리의 부모님의 딸과 아들이 되듯, 또 그들이 우리의 엄마 아빠가 되듯 호스트 부모님도 별반 다를 게 없다.

출국까지 일 년이 넘는 시간 동안 언제나 설렘과 기대에 벅차 있을 수는 없는 법이었다. 루이지애나주의 '깡촌'에 배정되었다는 말을 듣고 난 후 내 기대치는 바닥을 쳤고, '일단 미국에 가면 다 괜찮아지겠지'라는 생각에 하루하루를 대강 살아갔다. '어차피 곧 떠나는데 뭐 어때서'라는 현실을 도피하는 마음으로 무슨 일에든 최선을 다하지 않았던 것 같다. 지금으로선 매우 후회하지만 말이다.

그리고 드디어 2018년 7월 31일, 1년 동안 내 살림을 책임질 물건들로 가득 찬 캐리어 두 개를 끌고 인천 공항에 도착했다. 그리고 엄마, 아빠, 동생과 작별인사를 나눴다. 워낙 매사에 실감을 느끼지 못하고 무덤덤한 편이라 그런지 앞으로 약 1년 동안 가족들을 보지 못한다는 사실 앞에서도 나는 아무 생각이 없었다. 내가 같이 미국에 가자고 꼬신 임민지와 함께한 출국이라 두려울 게 없었다. 오히려 중국 이후 몇 년만에 둘이서만 떠나는 나름의 여행이라 들뜬 마음이 더 컸던 것 같다.

심지어 비행기 안에서도 어떤 신사분의 배려로 우리는 서로의 옆에 앉을 수 있었다. 길고도 길었던 뉴저지 뉴왁행 비행이 끝나고 우리는 미국 공기를 들이마시며 "우리가 드디어 미국에 왔구나!" 하며 서로를 부둥켜안았다. 일단 미국 땅을 밟은 순간 미국에 가겠다는 우리의 꿈은 이루어진 셈이었고, 우리가 드디어 해냈다는 생각에 가슴 깊은 곳에서 무언가 솟구쳐 오르는 느낌이었다.

솔직히 뉴욕에서의 CIEE 오리엔테이션 중 기억에 남는 일은 딱히 없다. 시차 적응을 하느라 눈을 뜬 채 만 채 내 꿈의 도시 뉴욕을 설렁설렁 걸어 다녔다는 사실밖에. 배를 타고 자유의 여신상을 본 기억도 있다. 전 세계에서 모인 교환학생들이 배 위에서 모두 파티를 하듯 몸을 흔들어대며 춤을 추는 걸 한국 교환학생들은 마냥 바라보기만 했다. 유럽과는 달리 파티 문화가 없는 아시아의 특징 때문이었는지, 우리가 너무 내향적이었던 건지는 모르겠지만 아무튼 한 번도 춤을 춰 본 적이 없는 나로선 아무렇지 않은 척 음악에 몸을 맡기고 몸을 흔들어 대는 일이 쉽지 않았다. 어쨌거나, 내가 그렇게도 꿈에 그려왔던 뉴욕에서의 오리엔테이션은 후회와 아쉬움만 남았을 뿐이다.

'설마 미국 음식이 다 이런 건 아니겠지?'

예정대로라면 8월 2일 새벽에 뉴욕을 떠나야 했지만, 날씨 탓으로 비행기가 하루 연착된 바람에 호텔에서 하루를 더 묵게 되었다. 호텔 안에서 보낸 하루 동안은 같은 애임하이에서 온 한국 교환학생 친구들(임민지, 고은빈, 송예나, 김효정 언니)과 함께 나름 즐거운 시간이었다. 호텔 밖을 돌아다니며 사진을 찍거나, 배치된 소파에 편히 앉아 수다를 떨기도 했다.

그러다가 우리는 수영장을 발견했고, 방으로 돌아가 옷을 갈아입고 나와서 풀 안으로 뛰어들었다. 물에 둥둥 뜬 채, 유리로 된 천장을 통해 하늘을 바라보니 기분이 묘해졌다. 이제 곧 미국 가족들을 만나겠구나, 하는 기대인지 두려움일지 모르는 감정들이 내 머릿속을 마구 헤집어 놓았다.

미국에서 한국인 친구들과 있다는 것 자체도 뭔가 생소하게 느껴졌다. 유리 천장을 뚫고 비치는 햇빛에 나른해진 우리는 풀 밖에 거치된 비치체어(?)에 누워 낮잠을 잤다. 자고 일어났더니 재단에서 시켜준 피자가 우릴 기다리고 있었다. 마치 한국의 피자가 말라 비틀어진 것처럼 생긴 비주얼에 충격을 받은 나는 한 입 베어 문 미국 피자의 맛에 또 한번 충격을 받았다. 미국 피자는 너무 짜고 기름졌다! '설마 미국 음식이 다 이런 건 아니겠지?' 하는 걱정을 이때 처음 하게 된 셈이었다.

나와 고은빈, 임민지 셋이 같은 방에 배정되었는데, 일분일초가 아깝게 느껴진 우리는 고은빈이 챙겨온 '루미큐브'라는 보드게임을 하며 호텔에서의 마지막 밤을 하얗게 불태웠다.

그리고 드디어 8월 3일 이른 새벽, 곤히 잠든 임민지를 뒤로하고 나는 뉴왁 공항으로 발걸음을 뗐다(학생마다 비행기 이륙시간이 다 달라서 공항으로 떠나는 시간을 기준으로 여러 개의 그룹으로 나뉘었다). 비교적 짧았던 비행 끝에 나는 마침내 루이지애나 알렉산드리아 공항에 도착해 'WELCOME TO AMERICA YUMIN!(유민아, 미국에 온 걸 환영해!)'이라고 적힌 작은 플래카드를 들고 있던 호스트 가족을 직접 만나게 되었다. 처음 보지만 앞으로 일 년 동안 함께 할 가족들이라고 생각하니 뭔가 감회가 새로웠다. 아쉽게도 앞으로 나의 여동생이자, 캠프(Camp) 가족의 첫째 딸인 조시는 캠프에 가 있는 상태라 함께 마중을 나오지 못했다.

ciee

일 년 동안 함께한 가족들

알렉산드리아 공항에서 약 한 시간쯤 달려 도착한 캘빈(Calvin)이라는 아주 작은 동네. 큰길 한가운데에 집으로 들어가는 도로가 나 있었는데 그 길이가 어마어마했다. 도로 양옆으로 보이는 풍경은 말과 소들, 나무와 호수, 들판이었다. 집 주변도 역시 높은 나무들로 둘러싸여 있어서 내가 마치 동화 『골디락스와 곰 세 마리』 속에 있는 것 같은 기분이 들었다.

집도 보통과는 다르게 통나무로 지어졌고, 천장이 아주 높은 2층집이었다. 현관문을 열고 들어서자마자 낯설지만 뭔가 친숙한 냄새가 나를 반겼다. 세 마리의 강아지들도 꼬리를 흔들며 새 식구인 나를 열정적으로 반겨주었다. 개를 한 번도 키워본 적이 없었던 나는 처음엔 온몸을 시도 때도 없이 핥아대는 개들이 싫었지만, 몇 주가 지나지 않아 익숙해졌다.

나와 약 일 년여 동안 함께 지내게 된 호스트 가족을 소개해보겠다.

Family name: Camp

아빠: 채드(Chad)

내가 다닌 학교인 캘빈 고등학교(Calvin High School)의 농업(Agriculture, 줄여서 Ag) 선생님이자, 학교의 FFA(Future Farmers of America) 담당 교사, 또 소프트볼 코치.

엄마: 리트렐(Latrelle)

타운(Winnfield) 동물병원의 원장.

여동생: 조시(Josie)

나보다 한 살 어림, 조용한 성격의 소유자이며 매우 모범적인 학생. 방탄소년단의 열광 팬이다.

쌍둥이 남동생: 알렉스와 앤드류(Alex & Andrew)

쌍둥이기에 당연히 처음 몇 주는 둘을 구분하는 데 어려움을 겪었다. 알렉스가 앤드류보다 조금 더 통통하다. 짓궂고 욕심이 많은 앤드류에 비해 알렉스는 다소 차분하고 배려심이 있는 성격이다.

앤드류의 개: 마빈(Marvin, Andrew's)

캠프 가족이 키우는 개 중에서 가장 큰 골든리트리버. 식탐이 엄청나다.

알렉스의 개: 포키(Pokey, Alex's)

폭스테리어(스무드)이다. 내가 가장 사랑했던 강아지. 조용하고 시크하지만, 정말 스윗했던 아이이다.

조시의 개: 로지(Rosie, Josie's)

프렌치 불독이라서 뭘 먹을 때뿐만 아니라, 가만히 숨을 쉴 때조차도 헥헥거리는 숨소리를 낸다. '우리집의 여왕(the Queen in this house)'이라고 불릴 정도로 마이웨이가 심하지만, 가장 떠받듦을 받는다.

트레이

호맘의 조카인 사랑스러운 매기(Maggie)와, 말썽꾸러기지만 나를 정말 좋아한 트레이(Trey)와도 자주 만나 친하게 지냈다. 어린 친척 동생이 없는 나로선 새롭고 기쁜 일이었다.

매기

집 소개를 하자면 1층엔 거실, 부엌, 호스트 부모님의 방, 화장실, 빨래기와 옷들, 냉장고가 있는 방이 있었고 2층엔 또 다른 거실, 짧은 복도에 내 방, 조시 방, 쌍둥이 방이 순서대로 있었다. 원래 내 방은 알렉스의 방이었는데, 교환학생을 받기 위해 알렉스는 자신의 방을 비우고 앤드류와 같이 방을 쓰게 되었다.

내 방 침대는 파란 배경에 별이 그려져 있는 베개와 빨간색과 하얀색 줄무늬가 그려져 있는 이불, 내가 원했던 대로 미국 국기 디자인으로 꾸며져 있었다.

거울 앞 화장대에는 조시가 올려둔 것으로 보이는 바구니가 놓여 있었는데 안에 한국 마스크팩, 내가 좋아하는 가수 태연의 앨범, 병아리 인형, 마블 잡지, 학교 셔츠 등이 들어 있었다. '너무 다정하다'라는 생각과 동시에 한시라도 빨리 조시를 만나고 싶다는 생각을 했다.

교환학생에게 호스트 가족이란

루이지애나는 미국의 지역 단위 군을 뜻하는 단어를 카운티(county)라고 부르는 나머지 49개 주와 다르게 '패리시(parish)'라고 부른다. 내가 배정받은 캘빈(Calvin)은 윈 패리시(Winn Parish)에 포함되어 있는 아주 작은 시골 마을이다. 간략히 소개를 해보자면 인구는 고작 246명(2018년 기준, LA HomeTownLocator), 모든 사람이 모든 사람을 아는 그런 곳.

또 어딜 가든 통신이 잡히지 않아 와이파이 없이는 인터넷 연결과 통화가 불가능하다. 숲속 마을 같은 느낌이랄까? 며칠 전에 보낸 메시지가 갑자기 도착하는 게 정말 흔한 일이었다. 실제로 밖에서 호스트와 연락이 잘되지 않아 픽업이 엇갈린 적이 여러 번 있었다.

교환학생에게 호스트 가족이란 제2의 가족이다. 너무 뻔하고 당연한 말이긴 하지만, 말 그대로 호스트 가족은 '가족'이다. 우리가 엄마 뱃속에서 머리를 밀고 나오는 순간 우리 부모님의 딸과 아들이 되듯, 또 그들이 우리의 엄마와 아빠가 되듯 호스트 부모님도 별반 다를 게 없다. 우리를 교환학생으로 받기로 했던 순간부터, 공항에서 우리를 픽업하는 순간 우리는 그들의 딸 또는 아들이 되고 그들은 우리의 부모님이 되는 것이다. 호스트 형제들도 마찬가지다.

물론 다른 언어를 쓰는 사람들이고, 난생처음 보는 사람들이라 처음엔 어색할 수도 있다. 또 문화가 다르기에 당연히 충돌과 오해가 있을 수도 있다. 사소한 문제가 있을 때마다 자기 자신을, 혹은 호스트를 탓하기보단 내가 교환학생으로서 미국에 온 이유는 '문화적 차이를 극복하기 위함'이라는 것을 기억하면 마음이 한층 가벼워진다.

'Exchange'는 교환을 뜻하고 우리는 말 그대로 문화를 교환, 교류하러 미국 땅을 밟은 것이 아닌가. 나의 경험을 예로 들자면 먹을 때 쩝쩝대는 행동 때문에 쌍둥이랑 작은 말다툼이 여러 번 있었다. 미국 사람들은 'smacking(음식을 쩝쩝대며 먹는 것)'을 매우 예의 없고 저질이라고 생각한다. 그렇다고 내가 누가 봐도 별로라고 생각이 들 정도로 쩝쩝댄 것도 딱히 아니었다. 음식을 먹을 때 기본적으로 나는 소리 정도만 낸 것뿐인데, 그게 심기에 거슬렸나 보다. **그 후로 사람들 앞, 특히 쌍둥이 앞에선 음식을 입안에서 거의 녹여 먹듯 조심스레 먹어야 했다.**

루이지애나 캘빈(Calvin)에 자리했던 캘빈고등학교(Calvin High School, 이하 CHS). Pre-K(유치원 전, 우리나라로 치면 어린이집 단계)부터 고등학생까지 함께 다니는 학교지만, 전교생이 약 250명이다. 고등학생은 80명 정도였고, 2018-19년 교환학생은 나를 포함해서 총 다섯 명이었다. 한 학년이 곧 한 학급으로 통한다. 학생이 너무 적은 탓인지, 방과 후 클럽활동이 하나도 없었다.

스포츠는 야구와 소프트볼, 농구가 전부였는데 나는 '교환학생의 호스트 부모가 교육 시스템과 연관된 직업을 가지고 있을 때 그는 어떠한 스포츠팀의 일원도 될 수 없다'라는 멍청한 루이지애나주의 규칙 때문에 스포츠마저 할 수 없는 신세가 되었다. 미국 고등학교의 꽃인 스포츠와 클럽활동을 일 년 내내 하지 못한다는 사실에 이럴 거면 미국에 대체 왜, 뭘 하러 온 건지 자괴감이 들었고, 학기 초부터 내가 배정받은 가족과 학교, 동네를 싫어하는 계기가 되었다.

교과목도 보통 미국 고등학교와는 달리 매우 적고 제한적이라서, 듣고

싶은 수업을 고를 선택권이 거의 없었다고 보면 된다. 내 시간표는 1교시 수학(Advanced Math), 2교시 과학(Environmental Science), 3교시 사회(Civics), 4교시 영어(English 4), 5교시 세계 지리학(World Geography), 6교시, 7교시 체육(P.E.), 8교시 농업(Agriculture>Ag)로 짜였다.

또 흥미로운 점 한 가지를 말해보자면 바로 CHS의 '복장 규칙'이었다. 교복을 입어야 하는 건 아니었지만 상의는 파랑, 하양, 검정, 회색을 입어야 했다. 그리고 바지는 카키(우리가 흔히 알고 있는 녹색 계열이 아닌 베이지에 가까운 색이다), 양말을 포함한 모든 의류는 무늬나 그림이 그려져 있지 않은 디자인이어야 했다.

거기다가 셔츠는 항상 바지 안에 넣은 후 벨트까지 착용해야 했으니 차라리 교복이 있었으면 좋겠다는 생각이 들 정도였다. 학교에서 디자인해서 파는 스쿨셔츠가 있어서 많은 학생이 각 스포츠 시즌에 학교 셔츠를 구매해 입기도 한다. 또 한 가지, 각종 흉기나 총기사건 예방을 위해 책가방은 투명하거나 구멍이 송송 뚫린 그물(?) 재질이어야 한다.

이방인이 된 기분

8월 13일, 드디어 떨리는 마음으로 첫 등교를 했다. 나보다 한 살 어린 조시는 물론 중학생인 쌍둥이와 학교 선생인 호댐('호스트댐'을 줄인 말)과 다함께 차를 타고 등교를 했는데 집에서 5분 거리였다. 학교에 도착해 복도를 걸으며 만나는 친구들에게 조시는 서로를 인사하게 해주었다. 사실 한국을 떠나기 몇 달 전부터 조시의 친한 친구들은 인스타그램으로 얼굴을 봐왔기에 몇몇 익숙한 얼굴도 보여 신기했다.

다음으로 나와 캘빈에서 함께한 교환학생에 관해 간단히 소개해보자면 오스트리아에서 온 에이드리안(Adrien), 스페인에서 온 환(Juan), 일본에서 온 모토(Moto), 배정을 늦게 받아 2주 늦게 만나게 된 또 다른 스페인 교환학생 악셀(Axel, 가명)과 대한민국에서 온 나, 유민(Yumin)이 있었다. 모든 교환학생은 서류상 10학년에 배정되었지만, 막상 주요 과목 수업은 거의 시니어들과 듣게 되었다.

동네와 학교가 워낙 작은 탓에 아주 어렸을 때부터 서로를 봐왔던 학생들의 친밀감은 엄청났다. 태어났을 때부터, 아니면 Pre-K(3~4살) 때부터 친구 사이였던 그들의 틈을 비집고 들어가는 건 생각보다 쉽지 않은 일이었다. 모두 내가 먼저 인사를 하지 않는 이상 굳이 나에게 인사조차 건네주지 않았고, 말 그대로 나는 이방인이 된 기분이었다.

하지만 교환학생에겐 초반이 가장 중요하다는 말이 떠올랐고, 용기를 내서 먼저 인사를 하기 시작했다. 학생이 적은 덕분에 고등학생 80% 이상의 이름을 외우는 건 그다지 어렵지 않았다. 이름을 알게 된 순간부터는 "Hey Lexi~!"와 같이 이름을 부르며 인사를 하기 시작했다. 학교에 다니는 동안 상대가 내게 먼저 인사해준 건 손에 꼽을 정도였다.

캘빈고등학교에 다니며 가장 아쉬웠던 점을 뽑자면, 바로 수업을 제대로 진행한 선생님이 거의 없었다는 것이다. 내가 졸업을 앞둔 시니어들과 수업을 들어서였는지 한두 과목을 제외하고는 다 수업시간에 딱히 한 것이 없었다. 주로 친구들과 수다를 떨거나, 책을 읽거나, 휴대폰을 하는 게 다였다. 다른 교환학생들은 "여기 와서 수업도 안 하고 놀기만 하니깐 좋네!", "푹 쉬다 가는 거지 뭐~" 하며 좋아했지만, 미국식 수업(모둠별 프로젝트, 토론 등)을 경험해보고 싶던 나에게는 실망감이 클 뿐이었다.

하지만 알아두어야 할 것은, 모든 교환학생의 환경과 상황은 다 다르다는 것이다. 나의 경우에는 시골에 있는 작은 학교에 배정되어서 수업 진행이 잘되지 않았던 거지, 다른 주에 있던 대부분의 교환학생 친구들은 오히려 수업 진행이 너무 빠르고 내용이 어렵다며 힘들어했다. 영상통

화를 하던 중 "나 이제 숙제 하러 갈게", "나 이제 시험 공부 해야겠다"라고 말하며 전화를 끊는 경우도 많았다. 나는 숙제나 시험공부 등을 하지 않아도 되어서 언제나 맘이 편하고 여유로웠지만, 그만큼 남는 시간이 많았기에 할 일을 찾아야 했다.

방과 후에 조시와 쌍둥이가 스포츠 연습이 있던 날이면 나는 혼자 스쿨버스를 타고 하교를 했다. 혼자 기다란 도로에 긴 그림자를 드리우며 걷던 나의 발걸음이 멈추는 곳은 바로 호수 앞 나무갑판이었다.

책가방을 베개 삼아 갑판 위에 대자로 누워 파랗고 높은 하늘과 구름이 움직이는 모습, 바람이 불면 풀들이 흔들리며 내는 소리, 호수 속에 사는 거북이들이 가끔 머리를 빼꼼 내밀어 숨을 쉬는 모습들을 보고 들으며 나에게 주어진 자연과 환경을 최대한 누렸다. 사계절 내내 따뜻한(또는 뜨거운) 루이지애나주였기에 이따금씩 따뜻한 햇살을 받으며 잠에 빠져들기도 했다. 너무 행복하고 평안한 순간들이었다.

미국에서 1년을 살게 되었다는 것. 일 년 동안 한국어가 아닌 '영어'로 원주민들과 대화해야 한다는 것이다. 나는 솔직히 말하자면 교환학생들이 흔히 갖는 영어에 대한 두려움은 없었다. 오히려 내가 하나하나 익혀온 영어 표현들을 직접 써먹을 생각을 하니 설레는 마음이 더 컸다.

많은 교환학생 지원자들이 궁금해하는 것 중 하나는 '과연 미국으로 교환학생을 다녀오면 영어 실력이 늘까?' 등의, 영어 실력 향상에 관한 것이지 않을까 싶다. 일단 대답을 하자면 늘기는 는다. 단지 '어느 정도 느느냐'의 차이인 것이다. 일단 미국에서 지내면서 영어가 늘기 위해서는 필요한 두 가지가 있다. 첫 번째는 이미 다져놓은 기본기, 두 번째는 노력이다. 너무 당연한 소리처럼 들릴지 모르겠지만 말이다.

일반화하고 싶지 않지만, 유럽에서 온 애들과 동양(한국, 일본, 중국)에서 온 애들의 영어 실력이 차이가 나는 건 사실이다. 작문이나 회화 등의 실용영어를 교육하는 유럽과는 달리 문법과 용어를 달달 외우게 하는 일본식

교육 시스템이 한몫 한다. 일본에서 온 교환학생 '모토'의 경우를 예로 들어 보겠다. 모토는 까까머리에 두꺼운 렌즈의 안경, 그리고 닌텐도같이 생긴 전자사전까지. 누가 봐도 전교 1등을 할 것 같은 외모에 무술까지 배워 어디서든 "하잇!", "이야아!" 등의 기합 소리를 내는 좀 특이한 친구였다.

일본에서 온 교환학생,
불쌍한 모토 이야기

모토는 언제나 우리에게 큰 웃음을 선사했는데, 주로 그의 '영어'가 우리의 웃음 포인트였다. 솔직히 말하면 모토는 영어를 잘하지 못했다. 영어 발음이 좋지 않았고, 단어를 많이 아는 것도 아니었다. 이러면 안 되는 것을 알지만(아마 미국 애들은 몰랐을지도 모른다), 모토가 말을 할 때는 모두가 빵 터졌다. 그런데도 모토는 굴하지 않고 자신이 하고자 하는 말을 어떻게든 전했다. 그런 모토가 안쓰러우면서도 대단하다고 느꼈다.

하지만 막상 모토가 나에게 말을 걸어오면 짜증이 치솟는 것은 어쩔 수 없는 일이었다. 모토와는 대화가 이어지지 않았고, 그의 입에서 나오는 느릿느릿하고 엉성한 문장을 알아들을 수 없어서 너무 답답했다.

그래도 초반에는 다들 모토에게 오가며 말을 걸어줬지만, 시간이 갈수록 모토에게 말을 거는 사람도 줄어들었다. 졸업반 특성상 수업을 잘 진행하지 않아 거의 학생들끼리 떠드는 시간이 많았는데, 함께 떠들 친구가 없는 불쌍한 모토는 혼자 일본어로 된 책을 읽거나 엎드려 자기 일쑤였다. 5명의 교환학생끼리 함께 앉아 서로를 챙기며 떠들던 처음과 달리, 교환학생 커플이 (두 쌍) 탄생한 후로부터는 모토는 안중에도 없었다.

아무도 말을 걸어주지 않을 때의 그 서러움과 고독함을 아는 내가 가끔 모토와 말을 붙이기는 했지만, 역시 대화는 오래 이어지지 않았다. 영어로 현지인들과 대화할 수 있는 정도의 영어 실력이 없으면 아무래도 다른 교환학생들보다 친구 사귀는 데 어려움이 더 클 것이다.

'영어를 잘 못한다 → 친구들과 대화를 원활히 하지 못한다 → 친구들이 나와 대화하는 것을 꺼린다 → 영어 울렁증이 생긴다(혹은 영어에 대한 자신감이 떨어진다) → 말을 잘 안 하게 된다 → 실력이 늘지 않는다.'

이 단계들이 무한정 반복되는 것이다.

'노력하면 안 되는 게 없다'는 말을 몸소 증명해 보인 예나

실제로 텍사스주에 살던 '예나'라는 친한 교환학생 동생이 학기 초에 고민을 털어놓은 적이 있었다. 영어 수업시간에 같이 앉는 친구들이 뭔가 자신이 말할 틈을 주지 않는 것 같다고, 또 그들이 자신의 말을 은근히 무시하는 것 같다고. 자신이 영어를 잘하지 못해서 그러는 것 같다며 스트레스를 받는다고 했다. 처음에는 1년 동안 같은 모둠으로 앉아야 하니까 그 친구들이랑 정말 잘 해보려고 했지만, 성격 자체가 원래 나쁜 애들이라는 것을 깨닫고 자신만 너무 감정소비를 하는 거 같아서 그냥 그들과의 관계에 신경을 쓰지 않았다고 한다.

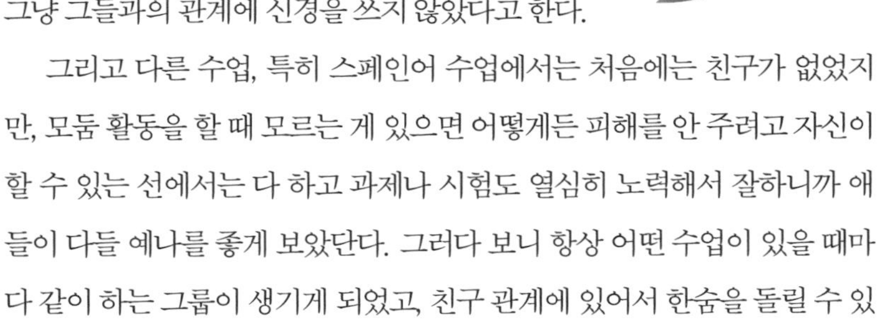

그리고 다른 수업, 특히 스페인어 수업에서는 처음에는 친구가 없었지만, 모둠 활동을 할 때 모르는 게 있으면 어떻게든 피해를 안 주려고 자신이 할 수 있는 선에서는 다 하고 과제나 시험도 열심히 노력해서 잘하니까 애들이 다들 예나를 좋게 보았단다. 그러다 보니 항상 어떤 수업이 있을 때마다 같이 하는 그룹이 생기게 되었고, 친구 관계에 있어서 한숨을 돌릴 수 있게 된 것이다.

요약하자면 처음엔 감정소비도 심하고 멘탈이 많이 흔들릴지라도, 자신의 영어 실력이 어떻든 뭐든지 열심히 하면 된다는 것이다. 노력하면 안 되는게 없다는 말을 몸소 증명해 보인 예나가 정말 대견하다고 느꼈다.

예나 말고도 다른 교환학생 친구들이 한 말을 들어보면 확실히 영어가 되든, 안 되든 친구들이랑 열심히 일상을 얘기하다 보면 배우는 표현도 많아지고 점점 의사소통도 된다는 사실이 공통점으로(?) 밝혀졌다. 어느 정도 쌓아놓은 영어 실력을 베이스로 더욱 노력하면 영어 실력이 훌쩍 늘 뿐만 아니라, 친구 사귀기도 훨씬 수월해진다는 말이다.

나의 경우에는 영어는 이미 잘하지만, 은근 내향적이고 자존심이 센 성격 탓에 친구들에게 말을 잘 걸지 못한 적이 많았다. **하지만 어찌어찌하여 가까워진 친구들과 이야기를 나눌 때는 내가 아는 슬랭이나 은어를 섞어서 말했고, 찰진 내 대화법을 좋아하는 친구들이 꽤 많았다.** 우리 처지에서 보면 외국인이 한국어를 하는데 우리가 일상에서 쓰는 준말이나 욕 같은 말들을 섞어 쓰는 것이다. 아무튼, 친구들과 거리낌 없이 자연스럽게 대화하다 보면 서로 웃겨서 숨이 넘어갈 뻔한 적도 많았고, 나도 몰랐던 표현을 많이 배울 수 있었던 것 같다.

SPE

Part 3

기분이 살짝 묘했던 **'특별한 경험'**

CIAL

잠시 후, 눈 앞에 펼쳐진 풍경은 맹세코 내가 17년 인생을 살면서 본 것 중 가장 아름다웠다. 하늘은 다홍색, 핑크색, 보라색이 섞여 있었고, 반대편 하늘에는 무지개가 떠 있었다.

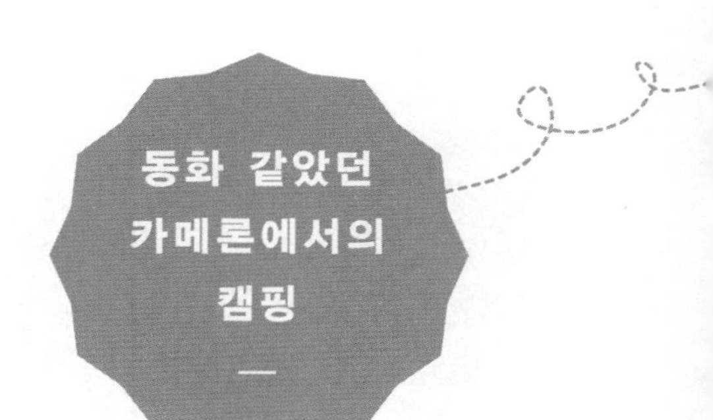

동화 같았던 카메론에서의 캠핑

내가 루이지애나에 살아서 가능했던, 미국에서의 가장 특별했던 경험 중 하나는 8월 말에 다녀온 캠핑이다. 우리 호스트는 camper(캠핑카와 같지만, 운전석이 없어서 차에 매서 끌어야 함)가 있었는데, 거실에 소파와 TV, 냉장고, 싱크대, 전자레인지 등이 있고 2층 침대가 있는 방, 퀸사이즈 침대가 있는 방, 화장실까지 있어 집처럼 안에서 지내도 될 정도였다(실제로 정전이 났을 때 온 가족이 캠핑카에서 영화를 보며 시간을 보낸 적이 있었다. 쌍둥이들도 주말이 되면 찬장에서 먹을 것들을 싹 털어가 캠핑카에서 1박 2일을 지내기도 해서, 집안이 쥐 죽은 듯 고요했던 적이 많았다).

이렇게 차에 캠핑카, 그 뒤에 보트까지 연결하고 약 4시간을 달려 루이지애나 남부의 카메론(Cameron)이라는 곳에 도착했다. 첫날은 늦은 밤에 도착해 거실에서 다같이 모여앉아 DVD 영화를 본 후 잠이 들었다.

다음 날 아침, 일찍 일어나 설렌 마음으로 나갈 채비를 했다. 낚시 장비가 담긴 보트를 물가에 내리고 바다 한가운데로 향했다. 따스한 햇볕 아래 머리카락을 흩날리는 바람을 느끼며 맑고 투명한 하늘을 바라보는데 기분

이 나른해졌다. 곧 파란 하늘엔 무지개가 떴고, 그걸 바라보는 기분이 살짝 묘했다. 이게 사실 내가 전부 꿈을 꾸고 있는 게 아닐까, 내가 다 머릿속으로 그려낸 게 아닐까 하는 의구심마저 들 정도였다. 이렇게 높고 파란 하늘 아래 바다에서 보트를 타며 무지개를 보고 있다니, 꿈이 아닐까 하는 생각도 들었다. 하지만 그게 끝이 아니었다. 곧 호댄이 "Hey look! Do y'all see the dolphins?(다들 저기 돌고래 보여?)"라고 하시며 가리키는 곳을 보았더니 돌고래 몇 마리가 멀리서 헤엄을 치고 있었다. 곧 물 위로 솟아올라 점프를 하기도 했다. 난생처음 돌고래를 바다에서 내 눈으로 직접 보다니! **우리는 곧 낚시를 시작했다. 새우를 바늘에 끼워 미끼로 이용했는데, 새우를 좋아하는 나로선 차라리 그 새우를 요리해서 먹는 게 낫다고 느꼈다.**

동생 알렉스에게 낚싯대 던지는 방법을 배운 다음, 모두 본격적으로 낚시를 시작했다. 하지만 한동안 아무런 소식도 들려오지 않았다. 곧 알렉스의 낚싯대가 흔들리기 시작했고 우린 모두 흥분했다. 하지만 물고기가 꽤 큰지 당최 물 밖으로 끌려 나오지 않았다. 결국 호스트 아빠가 돕기 시작했고, 둘이 한참 끙끙댄 결과, 드디어 물고기가 물 밖으로 모습을 드러냈다. 크기가 엄청나고 힘도 무척 좋아서 호맘이 뜰채에 넣어보려 했지만, 어림도 없을 정도였다.

미국 생활 중 최고의 기억

우여곡절을 거듭한 후, 드디어 우리의 손에 들어온 물고기는 알렉스의 상반신과 크기가 비슷했다(잡는 과정에서 뜰채 손잡이도 부서져 버렸다). 알렉스와 아빠가 신이 나서 사진을 열심히 찍는 걸 구경하던 때, 나는 내 낚싯대가 흔들리고 있는 걸 발견했다. 드디어 첫 물고기를 잡은 것이다! 기분이 무지 좋았다. 그렇게 몇시간 낚시를 하다가 캠핑카로 돌아가 점심을 먹고 좀 쉬다가 다시 한번 낚시를 하러 갔다.

아무런 고민이나 생각 없이 하늘과 바다만 하염없이 바라보는 그 기분은 말로 형용할 수 없었다. 곧 하늘이 붉어지며 노을이 지기 시작했고 나와 조시, 엄마는 노을을 보기 위해 해변으로 걸어갔다. 잠시 후, 눈 앞에 펼쳐진 풍경은 맹세코 내가 17년 인생을 살면서 본 것 중 가장 아름다웠다. 하늘은 다홍색, 핑크색, 보라색이 섞여 있었고, 반대편 하늘에는 무지개가 떠 있었다. 파도가 치는 바다에서 점프를 하며 사진을 찍고, 조시와 함께 조개 껍데기도 주우며 노을이 질 때까지 하늘을 감상했다.

다음 날 아침에는 비가 보슬보슬 내리고 있었다. "오늘은 게를 잡을 거야!"라는 말에 또 신이 났다. 보트를 끌고 도착한 곳은 마치 아마존 같은 분위기의 강(?)이었다. 양 옆으로 풀들이 자라있는 탁 트인 물가를 달리는데, 비가 온 탓인지 너무 추워서 이가 달달 떨렸다. 곧 게를 잡을 곳에 도착했고, 게 잡는 그물 장치를 설치했다. 안쪽 그물에 달려 있는 갈고리에 닭을 미끼로 끼워줬는데, 역시나 닭이 아깝다는 생각이 들었다.

어쨌거나, 덫을 물가에 던져놓고 몇 분 간격으로 게가 잡혔나 확인 후, 양동이에 옮기는 작업을 계속했다. 매번 최소 두세 마리의 게가 걸려 있어, 건져내는 재미가 쏠쏠했다. 주위에 풀이 무성하다 보니 모기에 많이 물려서 짜증이 나기도 했다. 좀 깊은 곳에 설치해둔 덫을 확인하러 가는데, 개미굴을 밟아 발을 동동 굴러 떨구기도 하고, 멀리서 눈만 빼꼼 내밀고 있는 악어를 보기도 했다. 정말 정글로 탐험을 간 기분이었다.

한두 시간쯤 뒤, 게를 충분히 잡았다고 판단한 부모님이 이제 슬슬 돌아가자고 하셨다. 우리는 그 누구도 반대하지 않았다. 오후에는 내내 캠핑카에서 창밖으로 비 오는 걸 구경하며 모처럼 여유롭게 휴식을 즐겼다. 그날

저녁, 식사가 정말 대단했다. 쇠로 만든 엄청나게 큰 양동이에 오전 내내 잡은 게들과 새우, 소시지와 감자 옥수수를 넣고, 거기에다가 루이지애나 대표 분말 가루와 함께 끓였는데 냄새가 장난이 아니었다. 호스트 아빠가 다 익은 음식을 물에서 건져 테이블에 올려놓았을 때 우리는 모두 흥분 상태에 이르렀다. 게보다는 옥수수와 소시지를 더 많이 먹긴 했지만, 어쨌거나 그날 저녁은 아직도 잊히지 않을 정도로 맛있었다.

다음 날 아침, 떠날 채비를 마친 후 다시 집으로 향했다. 돌아오는 차 안에서 부모님이 쌍둥이에게 엄청나게 화가 나서서 소리를 지르는 통에 맘 편히 오지는 못했다(교환학생들의 공통적인 특징: 호스트 부모님이 호스트 형제한테 화가 나면 나도 대상에 포함이 되는 건지, 불똥이 나한테 튈지 눈치를 엄청 보게 된다).

내 미국 생활 중 단연 최고의 기억이었던 카메론에서의 캠핑! 교환학생인 나를 데리고 아무나 경험하지 못할 특별한 추억을 만들어주신 호스트 부모님에게 너무 감사하다.

'돼지 쇼'에 나가본 사람?

다들 〈샬롯의 거미줄〉이라는 영화를 본 적이 있을 것이다. 어느 날, 주인공 펀이 애지중지 키워오던 돼지 윌버가 소시지가 될 위기에 처한다. 헛간에서 지내며 친해진 샬롯이라는 거미 친구가 윌버를 구하기 위해 거미줄에 '돼지'라는 문구를 짜 넣는다. 그걸 본 펀의 가족들은 크게 놀라고, 윌버가 보통 돼지가 아니라고 생각하게 된다. 사람들에게 더 인상을 주어야 윌버가 죽지 않을 것을 깨달은 샬롯은 계속해서 특별한 단어를 넣어 거미줄을 만들었고, 그 결과 윌버는 돼지 품평회(fair)에 출전하게 된다.

그곳에서 펀은 윌버를 빗질하는 등 최대한 예뻐 보이게 관리를 하고, 남는 시간엔 놀이기구도 타러 가며 즐겁게 보낸다. 가장 보기 좋은 돼지들이 상을 받는 품평회에서 윌버는 샬롯의 도움으로 1위를 하게 된다는 내용이다. 내가 하려는 얘기는 나도 그 '돼지 품평회'라는 곳에 나가 봤다는 것이다. 많은 가축을 키우는 내 호스트 가족은 돼지 4마리도 키우고 있었다. 몇 주 후에 Fair라는 곳에 나갈 거라는 호스트의 말과 함께 매일 밤, 돼지 산책

시키기 연습이 시작되었다. 회초리같이 생긴 얇은 막대기로 돼지가 나아가는 방향을 조절하며 집 주위를 걷게 했다. 그러던 중 암퇘지가 오줌과 똥 둘 다 항문으로 싸는 걸 내 두 눈으로 목격하고 큰 충격에 빠졌다. 진흙탕을 보고 신이 나서 달려간 돼지들을 따라잡느라 애를 먹기도 했다.

그리고 품평회 전날, 바퀴가 달린 큰 컨테이너박스를 트럭 뒤에 매달고 주최 장소로 향했다. 트럭에서 내리자마자 코를 찌르는 가축과 비료 냄새에 나는 얼굴을 찌푸렸다. 하지만 그건 시작일 뿐이었다. 우선 헛간에 설치된 우리에다가 돼지들을 옮기고, 새로운 환경에 적응시키기 위해 내부를 왔다갔다 하며 걷게 했다. 돼지 목욕도 대충 마치고 나니, 다음 날에 있을 품평회(앞으론 입에 더 잘 붙게 '돼지 쇼'라고 하겠다)를 위한 최소한의 준비가 끝났다.

'빤딱빤딱'해진 돼지를 위하여

마침내 품평회 당일이 다가왔다. 돼지를 씻기고 말려준 후 빗질을 해주었다. 목욕을 시키는 것이 가장 힘든 작업인데 그 이유는 몸에 물을 뿌리면 돼지들이 놀라 꽥꽥 대고, 똥을 시도때도 없이 싸대기 때문이다. 애써 다 씻겨 놓았는데 똥을 싸서 다시 더러워질 때의 그 기분은 정말…… 똥 같았다.

어쨌거나, 깨끗해진 돼지를 수건으로 닦아준 후 빗질을 해주었다. 그리고 스프레이를 온몸에 뿌려 코팅(?)을 해주었다. 다 마치고 나니, 돼지가 '빤딱빤딱'해져 고생한 보람이 있었다.

쇼 시작이 얼마나 남지 않아 걷기를 시키는데, 갑자기 흥분해버렸는지 돼지가 빠른 속도로 달려가버린 일이 생겼다. 자칫하면 사람들에게 돌진할 수 있는 긴급한 상황이었기에, 나는 따라가서 막대기로 치며 방향을 바꿔보려고 했다. 하지만 돼지는 내 말을 전혀 듣지 않았다. 이미 울타리 안에선 돼지쇼가 진행 중이었고, 내 돼지는 그곳을 향해 돌진했다. 당황해서 '어버버' 하고 있을 때, 쇼를 보고 계시던 호스트 아빠와 친구 분이 도와주셔서 돼지를 겨우 다시 우리에 집어넣을 수 있었다.

곧 내가 포함된 팀의 쇼가 시작되었고, 나는 긴장된 마음으로 돼지를 이끌고 울타리 안에 들어갔다. **나 말고 대여섯 명의 아이들이 더 있었는데, 어렸을 때부터 매년 참가해서 그런지 돼지를 다루는 데 다들 능숙했다.** 나는 그냥 경험한다고 생각하자며 최대한 태연하게 걷는데, 자꾸 돼지가 방향을 이리저리 바꿔대는 바람에 포커페이스가 불가능했다.

"유민, 지금이 기회야!"

어찌어찌 해서 쇼가 끝났고, 나에게 주어진 자유시간은 겨우 한 시간 남짓이었다. 20달러나 되는 놀이동산 이용권을 살까 말까 잠깐 고민했지만, 나를 기다리고 있던 악셀의 환한 미소를 본 순간 '아, 사야겠다!'라는 생각만 들었다. 이용권을 사오고, 원래 한 칸에 두 명씩 타는 놀이기구에 나와 악셀, 그리고 모토 셋이 겨우 몸을 구겨서 앉아 탔다. 몸이 으스러지는 줄 알았지만, 우린 낄낄 새어나오는 웃음을 멈출 수 없었다.

놀이기구를 탄 후 내 눈에 들어오는 건 바로 인터넷에서 보던, 설탕물로 코팅된 사과인 '캔디애플'이었다. 너무 먹고 싶었지만, 돈이 없어서 시무룩해 있는데 모토가 선뜻 돈을 빌려주었다. 한입 베어 문 '캔디애플'은 말 그대로 사과에 설탕을 씌운 맛이었는데, 설탕 코팅이 이에 엿처럼 다 달라붙어서 약간 성가셨다. 그래도 캔디애플을 들고 활짝 웃으며 기념사진까지 찍을 정도로 신이 났다.

다시 돌아다니다가 관람차에 줄을 서 있는 학교 친구들을 만나 반갑게 인사했다. 악셀과 함께 줄을 서는데, 사방에서 난리였다. "야 유민, 지금이 기회야, 악셀한테 키스해버려!"라며 어색한 분위기를 조성했다. 관람차에 타서도 앞칸이 친구들이었는데, 출발하기 전에 우릴 보며 알바생한테 뭐라고 속삭이는 게 뭔가 의심쩍었다. 아니나 다를까, 나와 악셀이 탄 칸이 꼭대기에 도착하자, 갑자기 관람차가 멈춰 서는 것이다.

나는 괜히 어색해서 "와아! 위에서 보니깐 야경 진짜 예쁘다~!" 하고 말했다. 또 "오늘 날씨 좋네!"와 같은 구린 멘트를 하며 휴대폰으로 사진을 열심히 찍었다. 그리고 곧 관람차가 다시 움직이기 시작했고, 나는 속으로 그

친구들에게 욕을 퍼부었다.

곧 호스트 가족을 만나 집에 갈 시간이 되었다. 나는 악셀과 작별인사를 나눴다. 나중에 친구에게 듣기로는 원래 그날 악셀이 나에게 고백을 할 계획이었다고 한다(결국 하진 않았지만 말이다). 어쨌거나 돼지쇼에 참가한 그날은 아직도 잊혀지지 않을 정도로 특별한 경험이었다.

이번에는 나의 학교생활 이야기를 풀어보려고 한다. 앞서 말했듯, 졸업을 앞둔 시니어들과 주요 과목 수업을 같이 들었던 나는 수업시간에 실질적으로 하는 것이 별로 없었다. 가끔 선생님들이 뭔가를 진행한다 싶다가도, 며칠 후면 다시 프리한 분위기로 바뀌어버려 결국 프로젝트가 2주 이상 진행된 적이 없었다. **미국식 수업, 그러니깐 프로젝트 활동이나 토론 수업 등을 경험해보고 싶었던 나는 불만이 많았다.**

하지만 분위기가 소위 '널널한' 우리 학교이었기에 가능했던 경험들도 존재했다. 첫 번째 예를 들면 '수업시간에 교실을 탈출하는 것'이다. 집이 학교 바로 앞인 브리트니(Brittany)라는 친구가 있었는데, 그 애(사실 나보다 나이가 많다)를 따라 수업 중간에 학교를 나간 적이 여러 번 있었다. 주로 2교시 과학시간이나 4교시 영어 시간에 "저희 화장실 좀 다녀올게요!" 하며 교실을 나섰다. 단순히 화장실을 가는 것이 아닌 걸 아는 선생님들도 "교장 선생님에게 걸려도 내 탓 아니다!" 하시며 우릴 순순히 보내주셨다.

학교 뒷문으로 걸어 나와 도로를 가로지르고 학생 주차장을 지나치면

바로 브리트니의 집이었는데 부모님이 집에 계실 때가 많았다. 2017년 여름에 '일로이(Eloy)'라는 스페인에서 온 교환학생을 호스트 했던 적이 있는 브리트니 가족은 항상 나를 웃으며 반겨주었다. 브리트니의 아빠는 "You're from South Korea? You speak really good!"이라며 내 영어 발음과 억양이 매우 좋다고 칭찬해 주셨고, 엄마는 "Do you want some biscuits, Yumin?"이라며 언제나 먹을 것을 챙겨주셨다. 비스킷이나 음료수를 양손에 들고 쥐도 새도 모르게 다시 교실 안으로 들어가는 그 짜릿함은 언제나 나의 하루를 즐겁게 만들어 주었다.

또 다른 예를 들자면, 바로 교장 선생님이 오실 때 수업을 하는 척 했던 것이다. 수업시간에 아무것도 하지 않고 있는데, 교장 선생님이 복도에 나타나시면 선생님이 "Guys! Miss. John's coming! Get y'all's books and open to page 164!(얘들아! 교장 선생님 오신다! 다들 책 꺼내고 164쪽 펴!)" 라고 하시면 다들 초스피드로 책을 꺼내 다 같은 페이지를 펴 놓았다(교과서를 라커에 두지 않고 교실에 두는 경우가 많았다). 물론 페이지는 입에서 나오는 대로 외치는 것이었다. 또, 교장 선생님이 오고 있다는 걸 알리기 위해 우리끼리 암호처럼 정한 단어 "12(Twelve)"를 외친 일도 정말 재밌었다. 수업시간에 휴대폰을 하고 있는데, 교장 선생님이 복도에 뜨시면 가장 뒤에 앉아있는 친구가 보고 "Twelve!"라고 외치면 다들 일제히 휴대폰을 숨긴 것이다(우리 학교는 사실 교내 휴대폰 소지 금지였지만, 거의 지켜지지 않았다).

한국이었으면 언제나

마지막으로 내가 정말 좋아했던 한 가지가 또 있다. 바로 수업시간에 밖에 나가 벤치에 앉아서 햇볕을 쬐던 것이었다. 점심을 먹은 후, 특히 마지막 교시인 8교시는 정말 너무 프리해서 들어가도 그만, 안 들어가도 그만일 정도였다. 수업이 시작할 때, 끝나기 전에 한두 번 정도 얼굴을 비춰주면 한 시간 동안 어디서 뭘 하든 선생님들이 딱히 신경 쓰지 않았다. 그래서 나는 주로 8교시에는 밖에 나와서 벤치에 앉아 친구들과 수다를 떨거나 혼자 책을 읽었다.

루이지애나의 특징인 사계절 내내 따뜻한 날씨가 정말 좋았다. 정말 날씨가 좋은 날에는 괜히 감상에 젖어 "I'm living my best life!(진짜 최고의 인생이다!)", "I want this forever(평생 이러고 싶다)", "Gosh, this is life!(하! 이게 인생이지!)" 등의 말을 혼자 내뱉었다. 아니면 다른 교실에 들어가 친한 친구들과 수다를 떨었다. 8교시에 주니어(11학년)들이 있는 영어 교실에 들어가면 선생님이 나를 흘긋 쳐다본 후 "Yumin. What are you doing here?(유민. 여기서 뭐해?")라고 물으셨고, 난 "Nothing(아무것도 안 하는데요?)"라고 대답했다. 그러면 선생님은 "Weirdo(하여간 괴짜라니깐)"이라며 고개를 절레절레 흔드셨고, 나는 "I know I am. (나도 알아요)" 하며 받아쳤다.

가끔은 강당 문을 열고 몰래 숨어들어 피아노를 치며 혼자만의 시간을 만끽하기도 했다. 텅 빈 넓은 공간에서 혼자 피아노를 치고 있다는 사실을 자각할 때면 왠지 모를 짜릿함이 온몸을 감쌌다(가끔 강당의 문이 닫혀 있을 때도 있었으나 청소를 하시는 아주머니, 아저씨에게 부탁해서 열쇠를 받아냈다).

한국이었으면 언제나 수행평가와 시험, 학원에 치여 사느라 느끼지 못했을 여유를 온몸으로 만끽하니 그리도 행복할 수 없었다. 물론 그만큼 학교에서 수업이 잘 진행되지 않았기에 교육적인 면에서의 혜택은 거의 받지 못했다는 것이 정말 아쉬웠다. 일 년 내내 요양을 하러 왔다고 해야 하나, 하하! 아무튼 이 기억들은 정말 잊지 못할 소중한 추억들이다.

미국 고등학교의 가장 큰 축제 중 하나인 프롬 댄스파티. '졸업 무도회'라고도 불리는 프롬이 우리 학교는 5월 초에 있었다. 드레스와 슈트 쇼핑을 한 달도 넘게 했던 홈커밍과는 달리 프롬에 대한 것은 호스트 엄마께서 전혀 관여하지 않으셨다. 그래서 내가 직접 두 발로 뛰며 친구들에게 물어물어 드레스를 구해야 했다.

프롬이 코앞으로 다가오는데도 드레스를 구하지 못해 다급하던 때, 다행히 나를 가장 아끼고 진심으로 대해주었던 나의 베프 카일러(Kyla)와 어머니 크리스턴(Kristen)의 도움으로 드레스를 구할 수 있었다. 카일러의 여동생인 제니(Jenny)의 검정 드레스를 빌려 입게 되었다(제니의 구두도 빌려 신었다). 하지만 드레스를 구했다고 문제가 모두 다 해결된 게 아니었다. 바로 프롬에 함께 갈 데이트나 친구들도 없었던 거다.

친한 시니어 친구들은 자기들끼리 가겠다며 나를 끼워 줄 생각이 없어 보였다. 마지막 희망이었던 카일러와 남자친구 저스틴도 아예 프롬에 가지 않는다고 했기에 나는 말 그대로 '멘탈 붕괴' 상태였다. 그러던 어느 날, 나보다 두 살이나 어리고 제대로 된 대화도 한번 나눠보지 않았던 이던(Ethan)이라는 9학년 남자애가 나에게 프롬 데이트를 신청했다.

사실 이것도 조금 복잡한 스토리가 얽혀 있다. 게이브(Gabe)라는 조시네 반 남자애가 있었는데, 보아하니 학기 초부터 나를 쭉 좋아해온 모양이었다. 사실 진즉에 어느 정도 눈치를 챈 상태이긴 했지만, 프롬이 다가올수록 점점 나에게 귀뜸을 해주는 친구들이 많아졌다.

"Hey Yumin, Gabe said he likes you!(헤이 유민, 게이브가 너 좋아한다더라!"), "Gabe said you're his first love~!(게이브 첫사랑이 너래~!)", "Gabe wants to ask you out for Prom~(게이브가 너랑 같이 프롬에 가고 싶대~)" 등의 이야기를 남자 친구들이 짓궂게 전해주었다. 나는 그가 나를 좋아하든 말든 누군가가 나에게 하루빨리 프롬 데이트 신청을 해주었으면 좋겠다는 마음뿐이었다.

게이브가 어쨌다느니 저쨌다느니 하는 얘기가 계속 귀에 들려와 마침내 내 심기가 거슬려짐을 느낀 순간, 게이브의 사촌인가 육촌인가 아무튼 친척 관계(사실 우리 동네는 서로 친척 사이가 아닌 사람이 거의 없었지만 말이다)인 이던(Ethan)이 무슨 바람이었는지 나에게 데이트 신청을 한 것이다. 나는 미안하긴 했지만, 질질 끌며 나에게 직접 말을 걸 기미도 보이지 않던 게이브를 제쳐버리고 이던의 데이트 신청을 받아들였다.

'미드'에서 보던 대로! 오기가 발동하다

우선 프롬에 함께 가기로 합의한 나는 이던에게 프롬 신청 포스터를 만들어 달라고 했다. 미드에서 보던 대로 남자가 직접 마음을 담아 만든 포스터를 받아보고 싶었던 나의 오기였다. 몇 시간 후, 체육관 스탠드에 누워 쉬고 있던 나를 누군가 불렀고, 나는 화들짝 놀라 몸을 벌떡 일으켰다. 몇몇 9학년 여자애들과 이던이 큼지막한 포스터를 들고 나를 기다리고 있었다. 자세히 보니 한국어로 "이것은 외국어로 들릴지 모르지만, 무도회에서 댄스를 교환하고 싶습니까? From Ethan"이라고 적혀 있었다(나중에 들어보니 이던이 아니라 같은 반 여자애들이 문장을 번역해서 쓴 것이라고 한다). 그가 원래 의도했던 문장이 완벽히 이해되진 않았지만, 대충 프롬 댄스파티에서 춤을 함께 추자는 내용 같았다.

모두 내 포스터를 보고 "Awwww- That's so cuuuute!!(아아아~ 너무 귀엽다!!)"라는 감탄사를 내뱉었고, 나는 차마 포스터에 적힌 말이 어법적으로 어색하다는 말을 입 밖에 내진 못했다.

어찌 되었든, 시간은 빠르게 흘러 프롬 당일이 되었다. 아침 일찍, 카일러가 나를 픽업해 그녀의 집에 데려갔다. 여유롭게 화장을 마친 후 카일러가 고데기로 내가 보여준 사진 그대로 머리를 하기 시작했다. 거울 속에 비친 나의 머리는 너무 꼬불꼬불거려 꼭 '메두사의 머리' 같아 보인다는 생각이 들었고, 불안해진 나는 카일러에게 "This is too curly, I don't wanna look like an old granny on prom day(너무 곱슬대는 거 아니야? 프롬인데 할머니 같아 보이긴 싫단 말이야)" 하고

닦달했다. 하지만 카일러는 "Hey, I know, you gotta trust me. Yumin, I've done this before. Just Trust me, okay?(알아, 나 좀 믿어줘. 유민, 나 전에도 머리 해봤어. 그니깐 그냥 나만 믿어, 알겠지?)"라며 나를 안심시켰다(하지만 안심은 전혀 되지 않았다).

어느덧 데이트할 이던과 만날 시간이 되었고, 카일러와 그녀의 남자친구 저스틴이 내가 이던과 만나기로 한 장소로 데려다주었다. 도착 후 나는 카일러와 저스틴에게 고맙다는 말을 하고 이던과 어머니께 인사를 드렸다(아참, 이던은 만 14세로 운전할 수 없는 나이였기 때문에 그의 엄마가 그날 하룻동안 우리를 차로 데려다주셨다). 차 안에 들어가 앉자마자 나는 숨이 탁 막혀옴을 느낄 수 있었다. 사실 몇 마디 말도 안 나눠보고, 거의 모르는 사이라고 해도 무관한 남자애와 하룻동안 데이트를 하고 춤을 춰야 한다는 게 너무 걱정되었다.

눈에서 꿀이 뚝뚝 떨어지는 표정으로

약 40분가량 차를 달려 우리는 저녁 식사를 할 러스턴(Ruston)이라는 동네에 도착했다. 그가 먼저 나의 손목에 코사지(Corsage)를 달아주었고, 나도 그의 가슴팍에 부토니에 (Boutonniere)를 달아주었

다. 곧 게이브와 그들의 또 다른 친척이 집합 장소에 도착했고, 우리는 사진을 찍으러 분위기가 좋은 정원으로 향했다.

한 번뿐인 프롬인만큼 커플처럼 달달하게 사진을 찍어보려 했으나, 사진 찍는 것을 싫어한다는 이던은 쉽사리 웃어주지를 않았다. 그의 엄마의 닦달로 결국 우리는 눈에서 꿀이 뚝뚝 떨어지는 표정으로 서로를 바라보는 컨셉의 사진을 한장 건졌고, 사진을 다 찍자마자 황급히 고개를 돌리면서 '푸핫!' 하며, 어색한 웃음을 터뜨렸다.

사진을 다 찍고 우리는 저녁 식사를 하러 레스토랑에 들어갔다. 메뉴를 고르고 기다리는 동안이나 서빙된 음식을 먹는 내내, 이던은 나와 말 한마디도 나누지 않았다. 대신에, 옆에 앉은 게이브와 휴대폰 게임을 하기 바빴다. 나는 속으로 '데이트를 앞에 두고 친구랑 게임만 할 거면 프롬을 대체 왜 같이 가자고 한 거지?'라고 생각하며 철없는 그를 어이없다는 표정으로 바라보았다.

동네에 도착하자, 프롬 댄스 입장 시간이 얼마 남지 않은 때였다. 나는 긴장 반, 설렘 반 상태로 9시가 되기만을 기다렸다. 마침내 입장 시간이 다 되었고, 우리는 이던의 어머니가 미리 구매했던 입장권을 내고 들어갔다. 충격적일 정도로 부실했던 홈커밍 때보다는 나은 시설에, 나름의 데코레이션도 있었다. 하지만 사실 규모 자체가 작은 캘빈고등학교였기 때문에 거기서 거기라고 느꼈다. 대신에 사진을 네 컷 찍어주고 출력하는 포토부스가 있었다.

곧 노래가 흘러나오기 시작했는데도 적은 인원 탓에 텅텅 빈 곳이 많았고, 댄스파티의 분위기가 도저히 나지 않았다. 더욱이 이런 댄스 문화에 익숙하지 않은 나에게는 남의 시선을 무시하고 춤을 즐긴다는 게 쉽지 않은 일이었다. 데이트 상대자인 이던마저 나와 함께 춤을 출 생각이 없어 보였다. 그저 원형 테이블에 앉아 친구들과 대화를 나눌 뿐이었다. 그나마 중간

중간 있던 슬로 댄스 타임에 형식상 슬로 댄스를 추기는 했지만, 어색해서 서로의 얼굴도 쳐다보지 못했다. 슬로 댄스가 끝나면 다시 나를 버리고 감쪽같이 사라져버리는 이던을 보며, 나는 또 한번 속으로 엄청나게 욕을 쏟아부었다.

'댄스를 못 즐길 바엔 사진이라도 많이 남겨 두자'라는 심정으로 나는 친한 친구들의 손을 이끌고 포토 부스로 향했고, 나의 단독사진을 포함해서 총 6장의 사진을 남겼다. 내 휴대폰으로도 열심히 사진을 찍었지만, 춤을 추느라 바빠서 함께 사진을 찍지 못한 친구들이 많았기에 아쉬움도 컸다.

나의 처음이자 마지막 프롬은 나를 집 앞까지 데려다 준 이던과 그의 어머니에게 인사를 하며 마무리되었다.

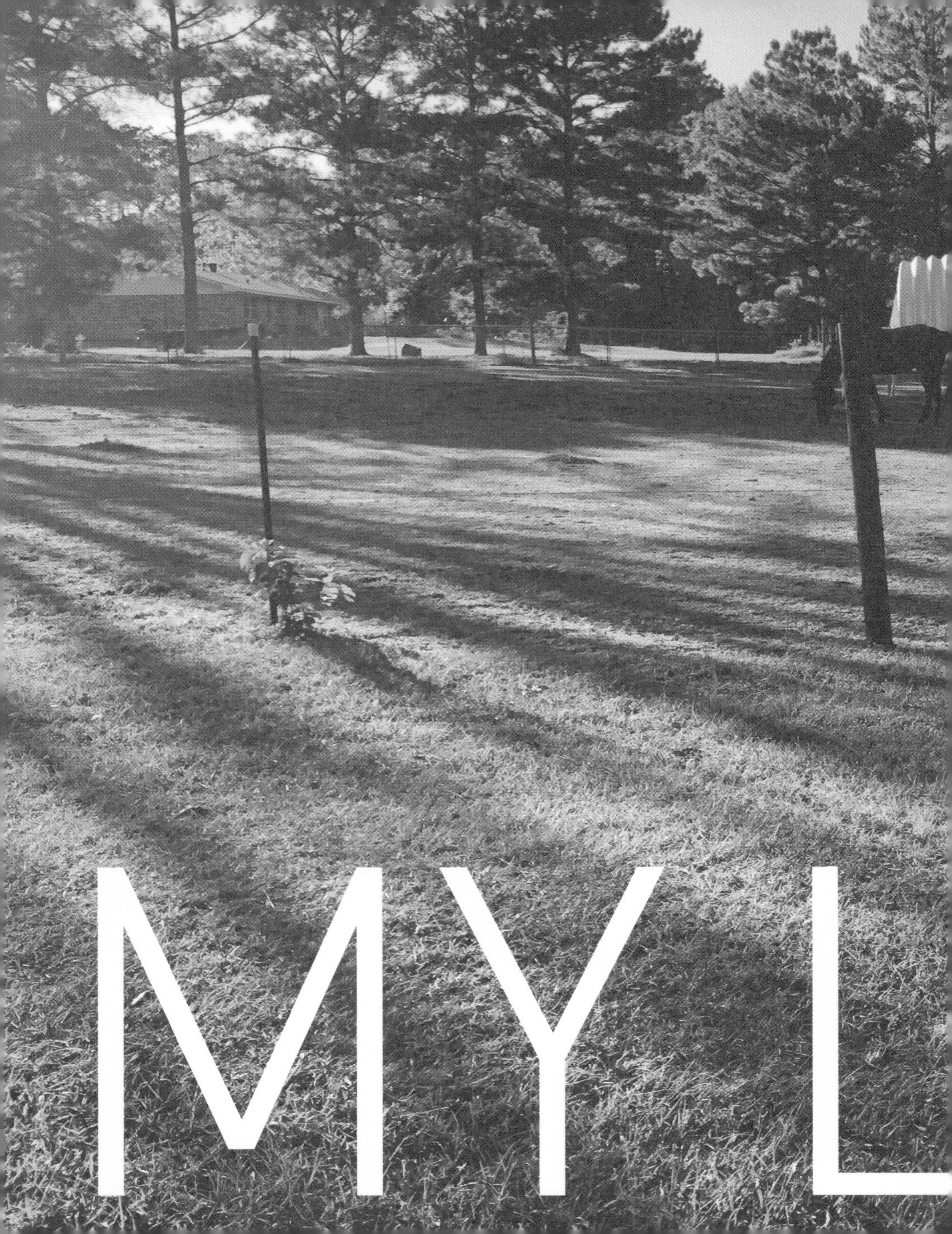
MY L

Part 4
내 인생
첫 연애!
IFE

그런데 호스트맘이 선물을 건네주시며 한 말이 너무 감동적이었다. "유민이 학기 초에 무척 많이 힘들어 했는데, 악셀 네가 온 이후로 많이 좋아진 것 같아. 유민을 밝게 변화시켜줘서 너무 고마워."

어쩌면 첫눈에 반한 걸지도 몰라

학교 시작일은 8월 13일이었고, 나를 포함한 총 4명의 교환학생은 다른 학생들과 마찬가지로 등교를 했다. 어느 정도 학교 구조와 수업 등에 익숙해져 갈 무렵인 8월 말, 늦게 배정을 받은 스페인 교환학생이 우리 교실에 얼굴을 비추었다. 악셀(Axel, 가명)이라는 이목구비와 자기주장이 뚜렷하고 키가 엄청나게 큰 친구였다.

첫인상? 흠. 그냥 와, 키 크다! 정도였던 것 같다. 악셀이 처음 학교에 온 하룻동안 내가 악셀에 대해 알게 된 건 큰 키와 덩치에 비해 매우 순진하고 순둥순둥하다는 것과 특유의 스페인 억양, 발음이 은근 매력 있다는 것, 뭐 좀 귀엽다고 볼 만하다는 것들 정도였다. 8개의 수업 중 6개나 겹치게 된 그와 나는 급속도로 친해졌고, 며칠 뒤엔 점심까지 함께 먹는 사이가 되었다. 사실 점심을 같이 먹자고 한 건 단순히 먼저 학교에 적응한 교환학생으로서 조금 늦게 온 다른 교환학생 친구를 챙겨주자, 라는 취지였다.

그저 친한 친구로 지내고 싶었다. 하지만 한 달도 채 되지 않아 여기저기에서 "악셀이 너 좋아한대!(Axel said he likes you!)"라는 말들이 들려오기 시작했고, 나는 묘한 기분을 느꼈다. 악셀은 여자가 봐도 귀엽게 생긴 브루클린(Brooklynn)이라는 여자애를 좋아한다고 말했기 때문이다(사실 이 파트를 쓰기위해 나는 일기장을 뒤지며 기억을 더듬어야 했고, 아직도 혼란스럽다. 왜냐하면 일기장에는 '악셀과 내가 서로 좋아하는 게 이제 확실하다'라는 내용 다음에 갑자기 내가 악셀을 정말 이성으로서 좋아하는 건지 모르겠다는 내용, 그 다음엔 악셀이 너무 좋다는 내용 등등이 일관성 없이 뒤죽박죽 쓰여져 있기 때문이다. 하…) 어쨌거나, 우리의 관계가 어떻게 발전되었는지 이야기를 풀어보겠다.

이미 전에 썼던 Parish Fair에서 우린 서로 좋아하는 것을 확신하게 되었다. Walking Pig가 끝나고 나에겐 한 시간 정도의 자유시간이 주어졌다. 물론 그 한 시간은 놀이공원에 놀러 온 악셀과 함께 보냈다. 이미 티켓을 끊고 한창 놀이기구를 타고 있던 악셀에게 전화를 해 만나게 되었다. 솔직히 시간도 별로 없었기에 20달러나 되는 입장권을 사긴 돈이 아까웠다. 하지만 사랑을 위해 그 정도는 감당할 수 있었다.

함께 놀이기구를 두세 개 탔는데 심장이 떨려 죽는 줄 알았다. 그러다 친구들에게 등살을 떠밀려 대관람차를 단둘이 타게 되었다. 다들 잘해보라는 식으로 윙크를 날렸지만, 당시 모태 솔로였던 우리 둘

은 그냥 대화만 나누고 셀카만 엄청 찍어대고 내려왔다. 두 번째 탔을 때는 앞 칸에 친구들이 타고 있었고 계속 "Hey Yumin kiss him!", "Axel, kiss her!" 하면서 키스를 하라고 분위기를 어색하게 만들었다. 연애 한 번 안 해본 우리 둘, 심지어 사귀는 것도 아니었던 터라 가까스로 그들을 무시하려 애썼다.

마지막에 우린 회전목마를 타며 동심의 세계로 다시 돌아간 듯한 순수한 데이트를 즐겼다. 솔직히 분위기가 딱 고백할 타이밍이긴 했다. 그런데 당시엔 확신하지 못 하는게 많았고, 너무 빠르다고 생각되어서 하지 않았다.

"유민! 너 악셀 앞에 앉을 거지?"

그로부터 약 3주 정도 후, 다가오는 할로윈데이를 맞아 악셀의 호스트가 파티(Pumpkin Carving Party)를 열었고, 나는 드디어 처음으로 초대를 받게 되었다. 초대받았을 때 나는 호스트와 FFA 팀을 따라 5일간 인디애나주에 가 있던 상황이었고, 파티 당일 아침에야 비로소 동네에 도착한 터라 악셀을 거의 일주일간 보지 못한 상태였다. 호맘이 그의 집 앞에 나를 내려주었고, 오랜만에 악셀의 얼굴을 본 나는 너무 반가웠다.

그러나 곧 나를 못 본 사이에 악셀이 혹시 전에 좋아하던 브루클린에게 다시 마음이 가지 않았을까 하는 불안함에 마냥 기쁘지만은 않았다. 심지어 파티에 브루클린도 초대받았다는 말을 들었을 때 나는 그동안 내가 쌓아왔던 어느 정도의 확신이 흔들리기 시작함을 느꼈다. 하지만 나를 반갑게 웃으며 반기는 악셀과 그의 호스트인 미스 티나(Ms. Tina, 우리 동네는 결혼 유무에 상관없이 모든 여성을 전부 Ms.로 칭한다)를 보자 안 좋은 생각들이 점차 사라졌다.

이곳에 처음 와보는 나를 위해 악셀은 집 주변과 내부를 투어 시켜주었고, 곧 파티가 시작되었다. 두 테이블이 있었는데 다들 "유민! 너 악셀 앞에 앉을 거지?" 하는 분위기로 몰아가서 결국 악셀과 마주보고 앉게 되었다. 먼저 각자 집에서 가져온 호박의 꼭지 주위 부분을 (나중에 뚜껑을 다시 덮을 때 빠질 경우를 대비해) 별모양으로, 안쪽으로 갈수록 폭이 줄어들게 칼로 도려내주었다. 그리고 도구를 이용해 내용물을 싹싹 긁어 내었다.

속이 빈 호박에 거미줄, 섬뜩한 표정, 문구 등의 '할로윈스러운' 모양이 그려진 종이를 붙여준 후에 이쑤시개로 틀을 따라 콕콕 구멍을 내줬다. 그리고 아주 작고 정교한 칼로 이쑤시개 자국을 따라 도려내 주었는데, 이 작업이 가장 어려웠다. 완성하고 보니 거미줄이 다 뚝뚝 끊긴 모양이 나와버렸고, 거미줄 디자인을 선택한 걸 뼈 빠지게 후회했다.

'아, 내가 진짜 미국에 있긴 하구나'

어쨌거나 다 만든 호박 안에 작은 배터리형 촛불을 넣었고, 뚫린 부분을 통해 빛이 뿜어져 나와 정말 할로윈 느낌이 났다. 모든 사람의 호박 랜턴(Jack-O-Lantern)을 한군데에 모아놓고 보니 더더욱 분위기가 있고 멋있었다. 이날 처음으로 '아, 내가 진짜 미국에 있긴 하구나' 하는 생각을 했던 것 같다. 뒷정리를 마치고 번 파이어가 시작되었다. 모닥불을 중심으로 의자에 둘러앉아 쇠꼬챙이에 핫도그 위니를 꽂아 구운 뒤, 핫도그 번에 올려서 케첩과 머스타드를 뿌려 먹었다.

마시멜로우도 구워서 비스킷 사이에 끼워 먹었는데 그걸 스모어(s'more)라고 부른다고 한다. 마시멜로를 익히다 몇번 불이 붙긴 했지만, 처음 먹어본 스모어는 그야말로 꿀맛이었다. 곧 미스 티나가 나와서 악셀에게 둘이 사진 좀 찍자며 붙어보라고 했다. 누군가를 좋아하면 오히려 상대를 멀리하거나 피하려는 성향이 있는 나는 모닥불에서도 악셀과 멀찌감치 떨어져 앉아 있었기에 자리에서 일어나 쭈뼛쭈뼛 악셀 쪽으로 걸어 갔다. 약간 어색한 분위기에서 우린 같이 사진을 찍었고, 20cm의 키 차이가 가장 잘 드러나게 찍힌 그 사진은 내가 가장 좋아하는 사진이 되었다.

슬슬 친구들이 하나둘씩 집 안으로 들어가고 밖엔 나와 악셀, 그리고 한두 명의 사람들밖에 남지 않았다. 하지만 오붓한 시간을 보내기는 커녕 어색해서 의자들을 다 발로 차버리고 싶은 심정이었다. 그때 악셀의 호스트 쌍둥이 남동생(악셀도 호스트 형제가 쌍둥이였다) 중 한 명인 시드니(Sidney)가 자신의 여자친구와 함께 우리에게 다가오더니 분위기를 더 어색하게 만들었다.

"Hey, why don't you guys kiss?(너희 키스 왜 안해?)", "Hey Yumin. Kiss Axel!(유민, 악셀한테 키스 해!)"라는 말을 반 농담식으로 계속 뱉었다. 우리 둘 다 어쩔 줄 몰라 못 들은 척을 했고, 나는 내 얼굴이 화끈해지는 것을 느낄 수 있었다.

결국 우리가 답답했는지 시드니는 다시 집안으로 들어가버렸고, 우리는 괜히 헛기침을 하며 화제를 돌렸다. 어떻게 미국 애들은 사귀지도 않는 남녀에게 막 키스하라는 말을 아무렇지도 않게 하는지, 과연 '썸'이라는 친구와 연애 사이의 벽이 존재하긴 하는 건지 의문을 품게 된 하루였다. 하지만 적어도 악셀의 호스트까지 우리 사이를 밀어 줄 정도로 악셀이 날 좋아한다는 티를 많이 낸다는 걸 새삼 깨닫게 된 날이었기에, 가슴이 터질 듯 기쁜 하루이기도 했다.

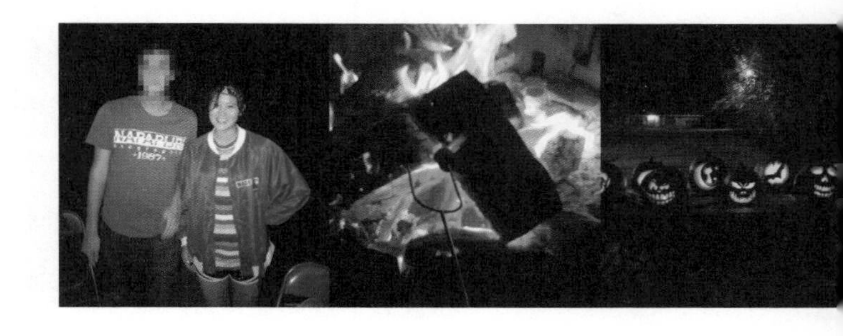

주위에서 우리 둘을 엮어도 더 이상 부끄러워하지 않고 "We're just friends!(우리 그냥 친구야!)"라고 능청스럽게 받아칠 정도로 서로가 편해진 시기가 있었다. 서로의 마음을 알게 되었지만, 그렇다고 친구 사이를 넘지 않는, 그 간질간질하고 애매모호했던 사이가 난 너무 좋았던 것 같다.

물론 말로만 친구 사이였지, 거의 사귀는 거나 다름 없었다. 악셀은 음식을 천천히 먹는 나를 위해 항상 점심을 다 먹고도 나를 기다려주었다. 어느 날, 점심을 다 먹은 후 내가 악셀의 허리에 팔을 감고, 악셀은 내 어깨를 감싼 채 교실로 돌아가는 중이었다. 뒤에서 '흠흠' 헛기침 소리가 들려 뒤를 돌아보았더니, 내 호스트 아빠가 뒤에 계셨던 것이다.

당황한 우리는 바로 서로에게서 떨어졌고, 우리 둘을 무안하게 만들고 싶지 않으셨는지 그는 그냥 '오늘 하루 어떠냐' 하는 일상적인 질문을 하고 우리를 지나쳐 가셨다. 자칫하면 엄청 어색할 수 있었기에, 호댄의 센스와 배려에 감동을 한 순간이었다. 어쨌거나 볼뽀뽀, 팔짱, 포옹 등 어느 정도의 스킨십도 이미 했지만 나는 악셀과 끝까지 친구와 연인, 그 중간의 사이로 남고 싶어 고백을 자꾸 미루게 되었다.

11월 17일, 우리 호스트 가족이 '문화 맛보기(Taste of Culture)'라는 파티를 열었다. 교환학생들이 각 나라의 대표 음식을 요리해 와서 다같이 각 나라의 문화를 맛보자는 취지에서 연 파티였고, CHS의 모든 교환학생과 그의 호스트 형제들이 초대를 받았다(Zu라는 폴란드에서 온 2017년 교환학생도 초대함).

나는 오래전에 아마존에서 구매했던 떡볶이 떡과 소스로 떡볶이를 요리했다. 김밥도 만들었는데, 밥알이 흩어지는 미국 쌀 대신 'sticky rice'라는 찰기 많은 베트남 쌀을 쓴 바람에 밥이 거의 물풀 수준이었다. 파티 시작 시간인 6시가 되기 20분 전부터 사람들이 한두 명씩 우리집으로 모이기 시작했다. **마침내 전원이 모였고, 음식 앞에서 단체 사진을 찍은 후 본격적으로 파티가 시작되었다.**

1. 모토(일본) 치킨 카레라이스. 카레는 인도 음식인 줄 알고 있었다. 그런데 모토가 밥에 카레를 올려서 먹기 시작한 건 일본이 처음이라고 한다.

2. 쥬(폴란드) 시나몬 롤. 엄연히 말하자면 폴란드 전통 음식은 아니라고 했지만, 어쨌거나 맛있었다.

3. 환(스페인) 데빌드 에그(Deviled egg). 뭔가 엄청 대충 만든 것같이 부실해 보이는 달걀들에서 환의 성격이 보이는 것 같아 혼자 엄청 웃었다.

4. 에이드리안(오스트리아) 돈가스. 원래는 어린 송아지를 쓴다고 하는데, 고기를 구하지 못해 돼지고기를 썼다고 했다. 나는 그냥 돈가스 맛일 것 같아서 먹지 않았는데, 다들 엄청 맛있다고 해서 후회했다.

5. 악셀(스페인) 포테이토 오믈렛. 오믈렛을 케이크처럼 조각내서 잘라 먹더라. 악셀 말로는 요리 완전 망했다는 데 잘 모르겠고, 확실한 건 감자맛밖에 안 났다는 사실!

6. 유민(대한민국) 오랜만에 먹어본 떡볶이는 고향에 대한 향수를 일으켰다. 한국에서보다 몇 배나 더 비싼 돈을 주고 산 재료로 만든만큼 먹기 아까웠지만, 그래도 여러 나라 친구들과 함께하니까 좋았다.

미국 영화를 보면
항상 뽀뽀할 때 쪽 소리가 나는데

다들 내 떡볶이를 먹더니 떡을 가리키며 이게 대체 뭐냐고 물어봐서, 설명하느라 애를 먹었다. 몇몇 친구들은 입에 불이 난다며 물을 들이키기 바빴다. 하지만 대체로 다 맛있어 하는 분위기였다. 평소에 매운 음식을 정말 못 먹는 악셀마저 "This is amazing!(이거 엄청 맛있다!)"라며 엄지를 치켜세웠다.

조시가 만든 미국 국기 모양의 디저트까지 먹고 난 후, 농구를 하려고 밖으로 나간 남자애들을 제외하고 우리는 2층으로 올라갔다. 몇몇 남자애들은 탁구를 하며 놀았고, 환과 에이드리안 커플은 딱 붙어 꽁냥꽁냥 하느라 바빴다. 난 양치를 하고 나서 내 방에 들어가 거울을 보며 얼굴 상태를 확인하고 있었다.

그런데 악셀이 내 방 앞까지 와서 서성대고 있는 것이었다. 내 방을 구경하고 싶어서 온 거냐고 물으니, 악셀은 어색하게 웃으며 그렇다고 했다. 둘이 침대에 걸터앉아 이런저런 이야기를 나누는 동안 뭔가 묘한 기류가 흘렀다. 하지만 남동생 앤드류가 훙얼거리며 방을 지나쳐가는 바람에 분위기가 와장창 깨져버렸다.

다시 거실로 돌아갔는데, 누군가 숨바꼭질(Hide-and-Seek)을 하자고 제안했고, 가장 늦게 나오는 사람이 술래라는 말에 다들 정신없이 아래층에 있는 현관문으로 달려갔다. 그리고 곧 누가 술래인지도 모르는 숨바꼭질이 시작되었다. 나와 악셀은 집 주변에서 숨을 곳을 찾다가 기둥에 가려져서 안 보이는 곳을 발견해 몸을 숨겼다. 아마도 모토가 술래였던 것 같은데, 애들을 찾으러 아예 멀리 나가버리는 바람에 우리는 마음 놓고 떠들 수 있었다.

그러다 문득 하늘을 올려다보았다. 그날따라 별이 정말 많이, 밝게 반짝반짝 빛나고 있었고 나는 감성에 젖어 들었다. 밤하늘의 별들을 보고 있자니, 왠지 오늘이 아니면 안 될 것 같았다. 내가 오늘 악셀을 잡지 않으면 앞으로 두고두고 후회할 것 같다는 느낌이 들었다. 어디서 그런 대담함이 나왔는지 나는 고개를 돌려 악셀의 이마에 입을 맞췄고, 볼과 코에도 뽀뽀했다. 그리고 마침내 입술에도 입을 가져다 댔다. 그게 내 첫 뽀뽀였다.

입술을 떼는데 '쪽' 소리가 나서 봤더니 악셀이 낸 소리였다. 미국 영화를 보면 항상 뽀뽀할 때 쪽 소리가 나는데, 그걸 일부러 흉내 내려고 한 건지는 몰라도 나는 그 상황이 너무 웃겼다. 나는 낮게 웃으며 "Why did you make that sound?(그 소리는 대체 왜 낸 거야?)" 하고 물었더니, 악셀도 부끄러웠는지 수줍게 웃었다.

잠시 후 두세 번 더 뽀뽀를 했는데, 생각보다 떨리거나 두근대진 않았다. 악셀의 눈이 꼭 감긴 걸 본 기억이 있는 걸 봐선 내가 눈을 나중에 감았거나 아예 안 감았다는 건데, 사실 내가 눈을 감았는지 떴는지도 모를 정도로 순식간에 일어난 것 같다. 중요한 건 내가 뽀뽀는 했어도 고백은 아직 안 한 상태였다는 것이다.

사진
오후 11:11
26%
A
Alejandro
Phew
(오늘) 오후 10:12
Alejandro
Te quiero mucho
유민
나는 또한
Will you be my bf
Best friend but also boyfriend lol
I love you Yumin, of course I would like you to be my girlfriend
Haha yeah I love you too Alex It's been so long for me to say this. And finally I did
전송됨
I love you! Thanks for the party tonight! It has been amazing... I loved your Korean spicy food and being with you
iMessage

두 달이 넘는 밀고 당기기 끝에

숨바꼭질이 끝나고 집에 들어와 젠가 게임을 했다. 머릿속은 엉망진창이었다. 9시 반쯤 파티가 끝나고 다들 떠난 시간, 나는 혼자 식탁에 앉아 그날 있었던 일을 떠올리며 곰곰이 고민하기 시작했다. '이제 입술도 닿는 뽀뽀도 했는데 친구 사이는 상식적으로 말이 안 되지 않나?', '아니, 그것보다 내가 걜 좋아하고 걔도 나를 좋아하는데 그럼 사귀면 되는 거 아닌가?'라는 등의 생각을 하다가, 결국 내가 먼저 고백을 하기로 마음을 먹었다.

첫 고백인 만큼 뭔가 진부한 방법이 아니라 특별한 방법으로 하고 싶었다. 고민 끝에 나는 스페인어로 고백을 하기로 결정을 내렸고, 구글로 '너를 정말 좋아해'라는 문장을 스페인어로 어떻게 말하는지 검색했다. 번역기에 나오는 문장은 주로 어색한 경우가 많기 때문에, 여러 웹 사이트에서 찾았다. 마침내 악셀에게 문자로 좋아한다는 마음을 전했고, 곧 한국어로 답장이 왔다.

'유민' '나는 또한 ♥'이라는 조금은 어색한 문장이었지만, 어쨌거나 안심이 되었다. 곧 나는 오랫동안 계속 이 말을 하는 걸 미뤄왔지만, 드디어 하게 되었다는 말과 함께 나의 bf가 되어주지 않겠냐고 물었다(여기서 bf는 두 가지 의미로 해석되는데 하나는 best friend, 곧 절친을 뜻하고, 또 한가지는 boyfriend, 남자친구를 뜻한다). 뒤에 best friend 겸 boyfriend도 되어달라는 말도 덧붙였다. 곧 악셀은 사랑한다는 말과 함께 자신도 내가 그의 여

Gns
11/17/18
채팅
Bc you love yellow

자친구가 되길 원한다는 답장을 보냈다.

두 달이 넘는 밀고 당기기 끝에 드디어 사귀게 된 것이다. 곧 악셀에게서 스냅챗(streaks, 하루에 한두 번씩 스냅챗 친구들에게 사진을 보내는 것. 24시간 안에 서로 답장을 보내면 이름 옆 숫자가 하나씩 올라간다. 이 숫자를 올리기 위해 꾸준히 streaks를 보낸다)이 왔는데, 검정색 배경에 흰 글씨로 11/17/18이라고 적혀 있었다. 왜 뒤에 노란색 하트를 붙였냐고, 알면서도 일부러 물어보았다. 그랬더니 "Bc you love yellow(네가 노란색을 좋아하잖아)"라며 세상 로맨틱한 말을 했다. 심장이 터져 죽는 줄 알았다.

내가 살아온 17년만에 드디어 첫 남자친구와 첫 연애를 한다는 게 믿기지 않았다. 그날 밤, 나는 강아지 포키와 함께 설레는 마음으로 잠이 들었다.

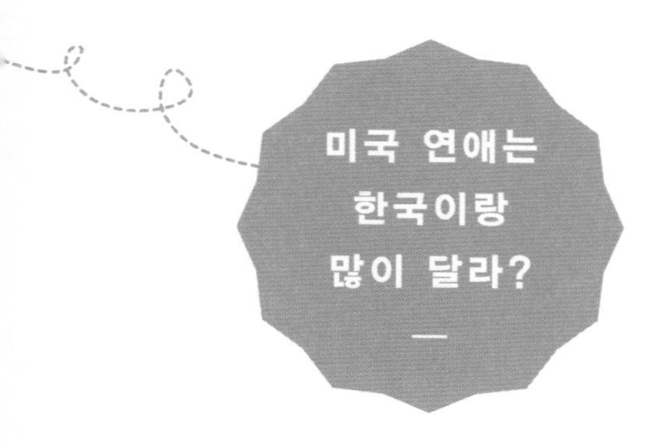

미국 연애는 한국이랑 많이 달라?

2018년 11월 17일, 이날부터 공식 커플이 된 나와 악셀. 사람들의 반응은 크게 두 가지였다. 하나는 "야, 너네 드디어 사귀냐! 축하해!" - 전부터 우리 둘을 엮었으나, 공식이 아니라 아쉬워 했기에 자신들이 더 기뻐한 사람들. 그리고 "와, 이제 진짜로 사귀네. 놀랍지도 않다" - 우리의 쌍방 삽질에 지쳐 있었던 사람들. 대부분의 학교 친구들은 나와 악셀이 정말 잘 어울린다고, 귀엽다며 축하해주었다. 이번엔 미국의 연애 문화와 내 경험을 섞어서 글을 써보려 한다.

어느 날, 스냅챗을 하던 중 악셀이 내게 "Our song을 뭘로 정할까?"라고 물어왔다. 나는 그가 무슨 말을 하는 건지 전혀 몰라서 "What song??"이라고 물음표를 잔뜩 보냈다. 알고 보니 미국과 유럽에는 커플이 좋아하는 노래를 자신들의 노래로 정하는 문화가 있었던 거다(전에 본 영화에서 남자가 Jason Mraz의 I'm Yours이라는 노래를 부르며 프러포즈를 하는데, 파트너가 감동을 받아 "Oh my god. Our song!"이라고 소리를 내질렀던 장면이 그제서야 이해가 되었다).

나와 악셀 둘 다 미국의 유명 밴드, 이매진 드래곤즈(Imagine Dragons)를 좋아해서 그들의 히트곡인 빌리버(Believer)를 우리의 노래로 정했다. 평소에도 즐겨듣던 노래였는데, 그 이후로 이 노래를 들을 때면 뭔가 특별한 의미 부여를 하게 되었던 것 같다.

우리는 집이 멀진 않았지만, 차가 없이는 가지 못하는 거리였기에 데이트를 할 방법이 없었다. 하지만 마침 연애 당시가 농구 시즌이라 일주일에 한 번 정도 우리 학교에서 홈게임이 있었다. 그럴 때면 호스트에게 부탁해 경기를 보러가곤 했다. 경기 구경이 데이트로 둔갑한 셈이다. 둘이서 붙어 앉아 서로만 보며 얘기를 나누느라 바빴지, 경기가 어떻게 돌아가는지는 관심도 없었다.

나는 그래도 나름의 데이트라서 가벼운 스킨십 정도는 하고 싶었다. 하지만 우리 동네는 매우 보수적인 분위기였던지라 사람들 눈치를 볼 수 밖에 없었다. 악셀도 내가 조금만 가까이 다가가면 "Yumin! Everybody's watching us!(유민! 사람들이 다 우릴 보고 있잖아!)"라고 하며 꺼려했다. 어쨌거나 소소하게나마 데이트를 즐기는 게 당시에는 삶의 낙이었던 것 같다.

미국의 모든 지역이 다 그런 건지는 모르겠지만, 우리 동네에는 썸을 타는 사람이나 애인을 자신의 교회로 데려가는 문화가 있었다. 각 교회엔 매주 수요일마다 Wednesday Night이라는 '공과공부' 같은 프로그램이 있었다. 나는 악셀의 초대로 그의 교회에 매주 꼬박꼬박 나가게 되었다.

캘빈(Calvin)이라는 교회였는데, 이름답게 우리 학교 바로 맞은편에 위치해 있었다. 그래서인지 학교 친구들도 많아서 악셀도 볼 겸 친구들과 더 어울릴 수 있어서 좋았다.

우리집으로 초대하다

그렇게 행복한 나날을 보내던 중, 드디어 나와 악셀이 사귄 지 한 달째 되던 날이었다. 나의 남자친구로서 악셀을 호스트 가족에게 소개시켜 주고 싶다는 생각이 들었다. 그래서 악셀의 의견을 물었고, 그는 긍정적인 반응이었다. 호스트 가족에게 허락을 받고, 악셀의 호스트 엄마께도 허락을 받은 후 나는 악셀을 우리 집으로 초대했다.

그날은 일요일이었고, 나는 아침 일찍 일어나 집을 치우기 시작했다.

호맘께서 말씀하신 대로 집밖의 개똥도 치우고, 현관을 빗자루로 쓸고, 청소기로 거실 바닥을 싹 청소했다. 그리고 교회 예배를 마치고 나서 악셀이 2시쯤 우리 집에 도착했다. 이미 얼굴은 많이 봐왔지만 그때만큼 악셀은 유민의 남자친구로서, 유민의 부모님께 공식적으로 인사를 드렸다. 호댇께서는 호탕하게 웃으시며 악수를 청했고, 악셀은 수줍게 손을 내밀어 악수했다. 인사가 끝난 후 호스트 부모님이 우리에게 조건을 하나 거셨는데, 바로 "절대 윗층(내 방)에서 단둘이 있지 말 것"이었다.

우리는 멋쩍게 웃으며 알겠다고 했고, 집 밖에 나가 집 주변을 투어하기 시작했다. 사귀기 전에 악셀이 나에게 자신의 집을 구경시켜 주었던 것이 떠올라 뭔가 느낌이 이상했다. 그러다 호수의 풍경을 보고 악셀이 감탄을 했다. 사진에 관심이 많은 우리는 다시 집에 돌아가 폴라로이드 카메라를 가지고 나와서 본격적으로 사진을 찍기 시작했다.

평소에 미국인들이 사진을 너무 못 찍어서 스트레스를 많이 받았는데, 악셀은 각도와 배경, 인물 비율이 딱 내가 원하는 대로 완벽히 찍어주었다. 악셀이나 나나 평소에 사진 찍는 걸 좋아하는 편이라 우린 서로가 서로의 사진을 찍어주며 만족해했다. 사진을 다 찍고 돌아와서는 쌍둥이가 숲속을 구경시켜 주겠다고 해서 '뮬(mule, 미국에서 마당이나 농장으로 이동할 때 자주 사용하는 4륜 구동 자동차. 창문이 달려 있지 않다)'에 포키까지 태우고 숲 안으로 들어갔다.

나무가 무성히 자라있는 집 주변 숲속을 한참 달리다가 중간에 멈춰서,

나는 포키를 감싸안고, 악셀은 그런 나의 어깨를 감싼 채로 사진을 찍었다. 뭔가 부부가 된 기분이었다.

호맘이 쌍둥이에게 우리 사진을 좀 찍어오라고 하셨기에 쌍둥이도 군말 없이 사진을 찍어주었다. 심지어는 다음엔 어디를 가고 싶냐고 묻고, 내가 원하는 곳으로 운전을 해주고 사진도 적극적으로 찍어줬다. 그러다 아주 오래돼서 넘어진, 무척이나 크고 섬뜩하게 생긴 나무 아래서 사진을 찍는데, 앤드류와 알렉스가 우리가 키스해야만 사진을 찍어주겠다고 협박했다. 하지만 평소에 잘 하지도 않는 스킨십을, 그것도 남 앞에서 하기는 부끄러운 탓에 서로 계속 "뽀뽀하면 찍어 준다고!", "싫어, 안 할 거야! 그냥 찍어 줘!" 하며 버텼다. 결국엔 내가 악셀 볼에 뽀뽀를 했고, 그제서야 만족한 쌍둥이는 사진을 찍어주었지만 말이다. 여러 모로 분위기를 어색하게 만들어 버린 쌍둥이들 머리를 한 대씩 쥐어박고 싶었다.

"크리스마스에 너는 선물로 뭘 받고 싶어?"

집에 돌아와서는 잠시 쉬다가 조시와 엄마와 함께 서브웨이에서 샌드위치를 사와 저녁으로 먹었다. 수다를 떨다가 보드게임을 했는데, 두 판 다 악셀이 이겨서 분한 맘이 들었다. 곧 악셀을 집에 데려다줄 시간이 되었고, 호맘께서 악셀에게 준비한 작은 선물을 주었다. 미국 국기 디자인의 크리스마스트리 장식이었다. 그런데 호스트맘이 선물을 건네주시며 한 말이 너무 감동적이었다.

"유민이 학기 초에 무척 힘들어 했는데, 악셀 네가 온 이후로 많이 좋아진 것 같아. 유민을 밝게 변화시켜줘서 너무 고마워."

대략 이런 비슷한 내용이었는데, 나를 아끼는 마음이 보여 속으로 울컥할 수밖에 없었다.

악셀을 데려다주고 오는 길에 호맘이 "악셀이 정말 착하고 스윗한 것 같다, 앞으로 악셀이 우리집에 놀러 오고 싶다면 언제든 환영"이라며 그에 대한 칭찬을 아끼지 않으셨다. **미국 영화에서나 보던 '애인을 집으로 데려와 가족에게 소개해주기'를 달성해서 너무 기분이 좋았다. 흔쾌히 악셀을 집에 초대하게 해준 호스트에게 너무 감사했던 날이었다.**

어느 덧, 크리스마스가 한 달 후로 다가왔다. 여느 때와 다름없이 수요일 공과공부에 참석한 나는 악셀과 크리스마스 선물에 관해 이야기하고 있었다. 인생 처음으로 '솔로' 크리스마스가 아닌 데다가 처음 사귄 남자친구였기에 대체 뭘 선물해줘야 좋을까 고민이 많았다. 악셀이 나에게 먼저 크리스마스 선물로 뭘 받고 싶냐고 물었고, 당시에 딱히 생각해 둔 게 없었던 나는 아직 갖고 싶은 게 없다고 대답했다. 그때서야 '아, 크리스마스 선물 리스트를 만들어 볼까?' 하는 생각에 휴대폰을 꺼내 들어 메모장에 들어갔다. 그리고 나도 악셀에게 "크리스마스에 너는 선물로 뭘 받고 싶어?"라고 물었고, 악셀은 한참동안 고민을 하더니 역시 자기도 딱히 바라는 게 없다는 대답을 했다.

조금 초조해진 나는 약간 짜증을 내며 빨리 생각해보라고 재촉했다. 그런데 그때 악셀이 갑자기 내 손에 들린 휴대폰을 낚아채 가더니 무언가를 쓰기 시작했다. 몇 초 동안의 실랑이 끝에 되찾은 나의 휴대폰 메모장에는 이런 말이 쓰여 있었다.

All I want for Christmas is you☆

(내가 크리스마스에 원하는 건 오직 너뿐이야.)

유명한 크리스마스 캐롤송의 제목이기도 한 이 문장은 나를 미친듯이 설레게 만들었다. 내가 좋아하는 사람이 나를 똑같이 좋아해준다는 사실에, 처음 느껴보는 연애라는 감정에 정말 벅차올랐다. 하루하루가 너무 설레고 행복했다.

우리의 연애가 언제나 순탄했던 것은 아니었다. 다른 여느 커플들과 다를 것 없이 여러 가지 문제와 갈등이 있었다. 그중 내가 가장 스트레스를 받았던 일들에 대해 써보려 한다. 우선 내가 가장 스트레스를 받은 것 중에서 첫 번째는 남자친구 악셀의 배려없는 행동과 그에 대한 나의 질투였다.

오스트리아 교환학생 에이드리안(Adrien)과 악셀은 소위 말하는 '베스트프렌드' 사이였다. 당시 에이드리안은 또 다른 스페인 교환학생 환(Jaun)과 교제 중이었기에, 처음에는 나도 별로 신경을 쓰지 않았다. 하지만 일상에서 내가 느끼는 소소한 찝찝함이 너무 컸다.

5명의 교환학생 중 4명이 서로 교제 중이었기에 우리는 교환학생들끼리 똘똘 뭉치는 감이 있었고, 나는 그게 나름 우리의 쿨한 점이라고 생각했다. 하지만 점심을 먹을 때 악셀은 항상 카페테리아(급식실, Lunch room) 테이블에서 굳이 에이드리안 앞에 앉고 싶어 했다. 나와 악셀, 환과 에이드리안이, 즉 커플들끼리 마주 보든가, 아니면 나와 에이드리안, 환과 악셀,

이렇게 남남 여여가 마주 보고 앉으면 될 일이었는데 악셀은 뭔가 다른 걸 원했나 보다.

악셀은 항상 그의 '베프' 앞에 앉는 것만을 고집했고, 나는 결국 그러려니 하는 지경이 되었다. 그뿐만이 아니다. 5교시를 마치고 급식실까지 걸어갈 때 항상 악셀과 에이드리안이 나란히 걸어가고, 나는 항상 그들의 뒤를 따라 걸었다. 셋이 걷기엔 복도가 좁기도 했지만, 셋 중 둘이 나란히 걸을 거면 나는 그게 사귀는 사이인 나와 악셀이어야 마땅하다고 생각했다. 하지만 뭐, 놀랍지도 않지만, 그들은 나를 전혀 신경 쓰지 않았다.

급식을 위해 줄을 설 때도 항상 둘이서만 대화를 나눴고, 나는 소외되는 느낌이었다. 악셀은 "유민, 네가 우리 대화할 때 끼면 되잖아. 왜 안 그러는 거야?"라며 내가 기분 상해하는 걸 이해해주지 않았다. 그리고 악셀은 또 이렇게 말했다.

"I don't understand why you always get mad(왜 네가 항상 화를 내는 건지 이해가 안 돼)."

둘이 떠들면서 웃을 때 에이드리안이 악셀의 가슴팍에 손을 대는 것도, 둘이 복도에서 같이 걸어 갈 때 에이드리안이 악셀에게 슬쩍 팔짱을 끼는 것도 그들은 전혀 문제점을 느끼지 못했고, 오히려 거기에 질투하는 나를 이상하게 만들어버렸다. 내가 속 좁은 여자친구가 되어버린 셈이다.

그에게 들어본 말 중 가장 달콤했던 말

좀 동떨어진 이야기지만, 다툼 후 악셀에게 무척 설렜던 적이 있었다. 급식실에서 악셀과 에이드리안이 둘만 웃고 떠드는데, 쌓인 게 많은 나는 단단히 화가 났다. 왜 화를 내느냐, 질투하는 거냐며 이해를 해주지 않는 그들에게 나는 더 화가 났다. 결국엔 그들과의 대화를 아예 거부했고, 그런 나의 행동해 오히려 악셀이 화가 나버린 최악의 상황이었다. 에이드리안은 그때 중재자 역할을 했고, 우리 사이를 오가며 서로의 입장을 전달해 주었다. 악셀이 나와 싸우기 싫어한다는 말을 전해 듣자마자, 내 분노는 눈 녹듯 사라져 버렸다.

"I don't wanna get mad at Yumin. Because I like her(나는 유민한테 화내고 싶지 않아. 나는 걜 좋아하니깐)."

내가 그에게 들어본 말 중 가장 스윗한 말이었다.

앞에서도 언급했지만, 우리는 학교 밖에서는 데이트를 못 하는 신세라 일주일에 한 번 정도 만날 수 있는 농구 홈게임은 나에게 정말 중요했다. 하지만 그는 매번 꼭 나와 에이드리안 사이에 앉았고, 나와 데이트를 즐기는 시간보다 옆에 앉은 에이드리안과 시시덕거리는 시간이 더 많았다. 다른 건 다 이해하려고 해도 그 행동만큼은 정말 내가 이해할 수 없었다.

'유럽의 연애 문화니 뭐니, 내가 예민하니 아니니'가 문제가 아니었다고 생각한다. 연애 중 자신의 여자친구보다 친한 여자 친구에게 더 신경을 쓰는 악셀과, 그의 여자친구인 내가 언짢아 하는 걸 알면서도 행동을 고치려 하지 않은 에이드리안, 다시, 그녀가 선을 넘는다 싶을 때 그녀를 제지하지 않아 나를 불쾌하게 한 악셀 그들이 문제였다고 본다.

에이드리안의 남자친구인 환은 겉으론 그 둘의 사이에 전혀 신경 쓰지 않는 척, 쿨한 척을 했지만 그 역시 나와 비슷한 심정이었을 거라고 확신한다. 제3자인 몇몇 다른 친구들이 나에게 다가와 “Are you and Axel still together?(너랑 악셀 아직도 사귀어?)”, “Are they cheating on you?(쟤네 지금 바람 피는 거야?)”, “It looks like they're dating(어째 쟤네 둘이 사귀는 것 같아 보이냐)”라며 에이드리안과 악셀 둘이 사귀냐고 물을 정도였으니 말이다.

내가 연애 중 스트레스를 받은 이유 중에서 두 번째는 남자친구 악셀의 열정 없는 태도였다. 홈게임이 있는 날, 그에게 오늘 게임에 올 거냐고 물어보면 그의 반응은 대부분 “농구 경기가 재미도 없는데 왜 보러 가는지 이해가 안 된다”, “피곤해서 집에서 쉬고 싶다”, “입장료가 너무 비싸서 가고 싶지 않다”였다. 나라고 농구에 흥미를 느껴 경기를 보러 간 것이었을까! 순전히 악셀과 함께 시간을 보내고 싶어서 경기를 보러 간 게 대부분이라고 해도 과언이 아니다.

어쩌다 가끔 자진해서 보러 온 경기에서도 악셀은 내가 아닌 에이드리안과 웃고 떠드니, 내 입장에서는 화가 안 날 수 없는 일이었다. 주일에 예배 후 집에 초대를 하려고 해도 "모토 호맘의 요리 솜씨가 너무 좋다. 모토네에서 점심을 먹고 싶다", "예배 후에는 집에서 쉬고 싶다" 등의 이유로 거절을 했다(악셀의 호스트맘 시어머니가 모토의 호스트맘으로, 가족이다). 나는 절대 많은 걸 바란 게 아닌데, 언제나 나에게 나와의 연애에 열정적이지 않은 그의 태도는 점점 나를 지치게 했다.

그러던 중, 호스트와의 큰 다툼이 있었다. 바로 이즈음 호스트를 옮기기로 마음먹은 시기에, 호스트와 지역을 바꾸게 되면 악셀과 더이상 교제를 하는 건 무리라고 생각했다. 그래서 이별에 대해 천천히, 그리고 진지하게 생각하게 되었다.

그리고 1월 7일, 교제 52일만에 우리는 결국 이별을 맞이했다(이별에 관한 이야기는 파트 6에서 더 자세히 다룰 예정이다).

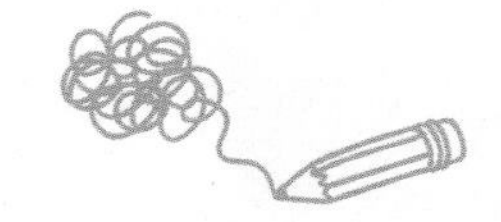

CUL

Part 5

미국 문화 & Facts

URE

인사를 할 때, 감사를 표할 때뿐만 아니라 항상 미소를 짓는 게 미국인 것 같다. 상대가 누구이든, 자신이 어떤 기분이든 상관없이 말이다.

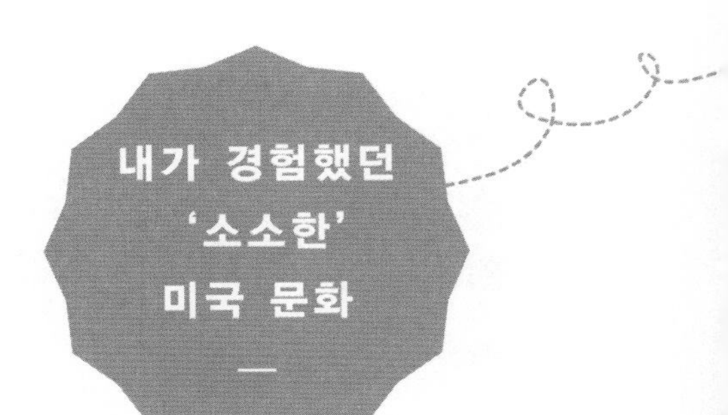

_ Thank you, Excuse me, Sorry 이 세 단어를 정말 많이 사용한다. 사소한 거에도 고맙다, 미안하단 말을 정말 자주 한다. Excuse me는 '죄송합니다'라는 의미인 sorry보다는 '실례합니다'라는 의미에 더 가깝다. 주로 재채기나 기침을 했을 때, 사람을 지나쳐 갈 때, 공공장소에서 실수로 큰소리를 냈을 때, 낯선 이에게 말을 걸 때 자주 쓴다.

_ 처음 보는 사람, 잘 모르는 (친하지 않은) 사람이어도 눈을 마주치면 미소 지으면서 인사한다. 그냥 길거리를 지나가다, 가게 안에서 물건을 고르다 전혀 모르는 사람과 눈이 마주치면 웃으며 "Hey~" 하고 인사한다. 또는 모르는 사람이어도 대화를 시작할 수 있다. 한국 같으면 좀 이상한 사람 취급받겠지만, 미국에서는 처음 본 사람한테 바로 말을 붙이는 게 굉장히 자연스러운 행동이다.

_ 사소한 칭찬을 많이 한다. I like your shoes! I like your hair!

Your jacket is super cute! You look cute today! 이같이 사람들의 옷차림이나 외모에 대해 가벼운 칭찬을 정말 많이 한다. 마찬가지로 전혀 모르는, 스쳐 지나가는 사람한테 할 수 있다.

_ **미소를 자주 짓는다.** 인사를 할 때, 감사를 표할 때뿐만 아니라 항상 미소를 짓는 게 미국인 것 같다. 상대가 누구이든, 자신이 어떤 기분이든 상관없이 말이다.

_ **스킨십이 매우 개방적이다(나쁜 손!)** 이미 할 거 다 했으면서 친구 사이라고 우기는 애들, 이 사람이랑 할 거 다 해놓고 막상 연애는 다른 사람이랑 하는 애들, 사귀는 사이도 아닌데 서로 은근슬쩍 만져대는 애들, 상대가 애인 있는 걸 알면서도 집적거리는 애들, 애인 있는 자신을 건드리는 애들을 딱히 밀어내지 않는 애들. 정말 많다. 혹여나 자꾸 이성이 자신에게 선을 넘는 스킨십을 한다고 느껴질 때는 단호하게 선을 긋는 게 좋다. 본인에 대한 호감보다는 외국에서 온 교환학생이라는 호기심에 자꾸 터치하는 경우가 있으니깐.

_ **외모 지적을 하지 않는다.** 한국에서 흔히들 하는 "틴트 좀 발라라~", "너 살쪘어?", "너 살 좀 빼야겠다!", "너 옷을 왜 그렇게 입어?" 등 남의 외적

인 지적은 미국에선 절대 있을 수 없는 일이다. 혹여나 누군가가 자신의 옷차림 등에 대해 지적을 한다면 “Mind your own business” 또는 “None of your business” 한 마디면 해결된다.

_ **뒷사람을 위해 문이 닫히지 않게 끝까지 잡아준다.** 문이 자동문이 아닌 이상, 내가 먼저 들어(나)갔으면 뒤에 오는 사람을 위해 뒤를 돌아보며 그 사람이 다 들어(나)올 때까지 문을 끝까지 잡아준다. 그럼 뒷사람은 “Thank you!” 하며 고마움을 표시할 거고, 우린 “You're welcome” 하고 대답하면 된다. 또는 내 뒤에 사람이 많을 경우는 내가 가장 마지막에 들어간다. 다음으로 들어가거나 나오는 사람들이 많을 때는 아예 문을 열어서 옆으로 비켜선 상태로 사람들이 다 들어갈 때까지 문을 잡아주는 경우도 많다. 자신은 가장 마지막에 들어가는 거다.

_ **누군가가 재채기를 하면 "Bless you!"라고 한다.** 아주 오래전 사람들은 재채기할 때 사탄의 악한 기운을 쫓아내는 거라고 믿었다고 한다. 따라서 어떤 사람이 재채기했을 때 악마를 쫓아낸 걸 축복하기 위해 “God bless you!”라고 말하곤 했다. 한편, 재채기하고 축복을 받은 사람은 상대에게 “Thank you”라고 감사를 표했다. 그 문화가 현대의 ‘bless you’ 문화로 이어진 거라고 생각하면 되겠다.

_ 사진을 찍을 때 '잇몸 만개' 미소를 지으며 찍는다. 또, 여러 사람과 사진을 찍을 때 옆 사람 허리에 팔을 감고(내가 끝인 경우) 다른 손은 손허리를 한다. 개인적으로 한국에 돌아와서도 습관이 되어 계속하게 된 행동 중 하나였다.

_ 만 16세면 법적으로 운전할 수 있다. 법적으로 운전 면허증이 발급되는 나이는 만 16세이지만, 미국에 지내면서 운전하는 만 14세, 15세 친구들을 정말 많이 봤다. 만 13세였던 내 쌍둥이 동생들도 가끔 운전했다. 단, 부모님이 함께한다는 조건에서였다.

_ 법적으로 술을 마실 수 있는 나이는 만 21세이다. 하지만 다들 알다시피 어디서든 몰래 불법적인 일을 하는 학생들도 있다는 사실!

_ 약속 시간보다 훨씬 일찍 도착한다. 한국 같은 경우는 약속이 오후 7시면 딱 맞춰서 도착하거나 몇 분 늦는 경우가 허다하다. 하지만 미국은 절대 노놉! 일찍 다니는 사람들은 이벤트 시작 20분도 전에 도착해서 기다릴 정도이다.

_ 나이는 별로 중요하지 않다. 학생이어도 누가 물어보지 않는 이상 자기소개할 때 굳이 나이를 말할 필요가 없다. 특히 어른의 경우는 나이를 묻는 것은 매우 실례되는 행동이다. 나이나 성별을 따지지 않고 모두가 친구로 어울려 지내는 미국 문화 때문인 것 같다.

_ 대화할 때는 언제나 상대의 눈을 쳐다보며 한다. 가끔 괜히 어색하고 민망하다며 시선을 땅으로 떨구거나 다른 곳으로 돌리면서 대화하는 경우가 많은데, 미국에선 보통 눈을 바라보며 대화한다. 또, 혼날 때 눈을 아래로 까는 한국과 달리 미국에선 오히려 눈을 마주친다. 미국에서 그런 행동을 할 때 무언가를 상대에게 숨기고 있다고 오해를 받을 수 있기에, 화를 내는 상대가 너무 무섭더라도 눈은 마주치면서 대화를 해야 한다.

_ 가격표에 적힌 가격과 실제 결제 가격에 차이가 난다(세금). 미국은 모든 음식과 의류, 생활용품 등을 가격표에 적혀 있는 가격에 돈을 추가로 더 내는 세금 제도가 있다. 주마다 세금(tax)의 퍼센티지는 다르지만, 주로 상품 가격의 5~10%이다. 루이지애나는 9.45%의 세금 비율로 50개의 주 중 세금이 가장 높은 주 중 탑 순위를 차지한다.

_ 일회용 식기구를 정말 많이 쓴다. 플라스틱/종이 접시, 플라스틱 컵, 스티로폼 급식판, 플라스틱 포크, 수저, 나이프 등등 환경호르몬 가득한 일회용 제품들을 매일 쓴다. 우리 호스트 가족도 집에서마저 그냥 종이 접시에 플라스틱 수저, 포크로 밥 먹고 쓰레기통에 버렸다. 나는 그래도 물은 최대한 내 텀블러에 담아 마시려고 노력했다.

_ 확실히 기름진 음식과 정크푸드를 많이 먹는다. 미국에 가면 누구든 살이 찌기 마련이라는 말을 뼈저리게 느꼈다. 드라이브 스루가 존재하지 않는 매점이 없을 정도로 미국 사람들은 음식을 픽업해서 차 안에서 먹는 경우가 많은데, 음식의 영양 상태를 논해 뭣 하겠는가? 주로 햄버거나 피자, 치즈스틱, 샌드위치 등의 우리가 머릿속에 떠올리는 그런 '미국 음식'을 질리도록 먹고, 떠나기 전보다 나는 8kg의 몸무게가 더 늘어 한국에 돌아왔다.

_ 분리수거를 하지 않는다. 음식물 쓰레기부터 플라스틱, 비닐, 종이 등등 온갖 쓰레기를 따로 분리수거하지 않고 한 쓰레기통에 버린다. 쓰레기를 묻을 땅이 넘쳐나서 그런지 딱히 분리수거에 관심이 없는 것 같다.

_ 이혼과 재혼이 잦다. 내가 살던 동네에도 이혼, 재혼하신 커플이 정말 많았다.

_ 껌을 언제 어디서든 씹는다. 학교 수업시간, 교회 예배시간에 껌을 씹어도 전혀 이상한 게 아니다. 농구 경기를 뛰면서 껌을 씹는 애들도 봤다.

_ 학교에선 매년 모두가 새 교과서를 받는 한국과 달리, 교과서를 매년 돌려쓴다. 맨 앞 페이지에 자신의 이름과 사용년도를 쓰고 1년 동안 쓰는 것이다. 교과서가 매우 두껍기에 시험기간이 아닐 땐 각자의 로커에 보관한다.

_ 팁 문화가 존재한다. 보통 식당에 들어가면 한 테이블을 한 웨이터가 처음부터 끝까지 서빙한다. 계산 후 영수증을 받고, 총 가격의 10~15%를 테이블에 남기고 가면 된다. 종종 고급 레스토랑은 결제 가격에 팁 가격이 아예 포함되어서 나오는 때도 있다.

_ 미국 청소년들은 페이스북보다 인스타그램을 더 많이 쓴다. 페이스북은 구세대가 쓴다는 우스갯소리가 있고, 실제로 어른들이 많이 쓴다.

_ 열여섯 번째 생일을 'Sweet Sixteen'이라고 칭하여 평범한 생일보다 좀 더 성대하게 기념한다. 미국에선 만 16세가 되면 법적으로 운전할 수 있는 자격이 생기고, 스윗 식스틴 선물로 차를 선물하는 부모도 많다. 나 같은 경우도 미국에서 Sweet Sixteen을 맞이했고, 생일 직전의 토요일에 호맘과 조시와 함께 텍사스(Texas)주의 댈라스(Dallas)로 짧은 여행을 다녀왔다.

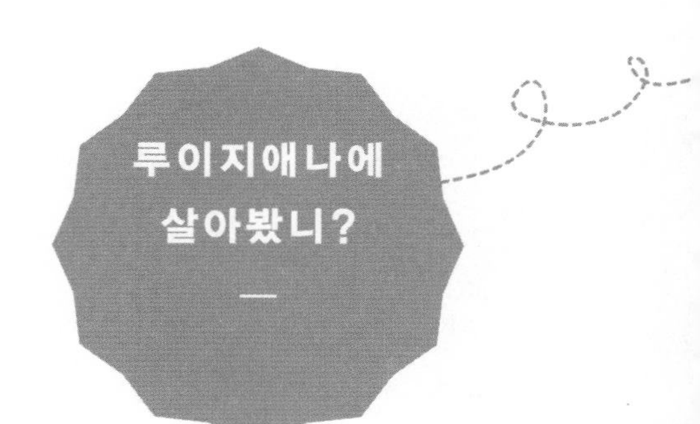

우리나라 서울과 부산 문화가 다르듯 미국도 각 주, 심지어 지역마다 문화가 다 다르다. 미국 남부에서 살다 온 나는 크게는 남부와 북부, 심지어는 주마다 문화뿐만 아니라 언어(악센트, 단어나 표현)가 정말 다양함을 느꼈다.

이번 글에선 다른 주에 있었던 친구들과의 대화 속에서 발견한 루이지애나주와 다른 주들의 차이점을 이야기해보려고 한다. 하지만 루이지애나만 해도 여러 문화가 있고, 지역마다 조금씩 차이가 있다는 걸 미리 알린다. 반대로, 아래의 특징들은 다른 주와 공통일 수도 있다.

_ 나름의 존댓말(존칭)이 있다. 우리가 어른들한테 말할 때 ~요, ~입니다, 라고 존댓말을 쓰는 것과 비슷하게 루이지애나에서는 여성에게 ma'am(맴), 남성에게 sir(설)이라고 존칭을 붙인다. 영화에서 가끔 볼 수 있는 표현인데 우리는 말끝마다 ma'am과 sir을 쓴다. 예) Thank you, sir! Yes, ma'am!

_ 루이지애나 특유의 악센트가 있다. 약간 노래하는 듯한, 리듬을 타는 듯한 느낌의 억양으로 말을 한다.

_ 여러 가지 준말과 슬랭이 있다. 가장 대표적인 예를 들자면 you와 all을 합친 y'all이라는 단어를 정말 자주 쓰는데, 북부에 사는 친구는 한번도 들어본 적이 없다고 했다. Don't, doesn't, didn't, isn't, aren't, am not, wasn't, weren't 등의 모든 부정형 대신 쓰일 수 있는 ain't라는 단어도 정말 많이 쓴다. 예) Thank y'all for coming! I ain't did that. It ain't me!

_ ing로 끝나는 단어를 in'으로 발음한다. 예) She's runnin'! Yeah, somethin' like that!

_ 어법 파괴가 심하다. 루이지애나에서 지내면서 Doesn't을 don't로 말하는 게 너무나도 자연스러워졌다. Were(n't)을 was(n't)로 말하는 경우도 허다하다. 예) She don't care. You wasn't listenin'!

_ Be 동사를 자주 생략한다. 예) She cute. He said he coming!

_ 'Y(- ㅏ이)' 발음으로 끝나는 몇몇 단어를 '- ㅏ'로 발음한다 ex) Bye-바, Try-트롸, 처음에 사람들이 다 인사할 때, '바~ 바~'라고 해서 웃음을 꾹

참았던 기억이 있다.

_ **결혼 유무에 상관없이 여성을 전부 Ms로 칭한다.** 본래 결혼한 여성은 Mrs, 미혼 여성은 Miss, 결혼 유무가 확실치 않은 여성은 Ms라고 부르는데 우리 동네에서는 전부 통일해서 불렀다.

_ **루이지애나는 한때 프랑스의 영토였던 루이지애나 땅을 미국이 구입한 것이기에 프랑스의 가톨릭 문화가 많이 녹아 있다.** 루이지애나가 지역 단위를 군(county)이 아닌 교군(parish)으로 쓰는 것도 그 이유에서이다.

_ **자동차만큼 트럭을 많이 탄다.** 뒤에 큰 짐을 많이 실을 수 있을 뿐만 아니라 보트, 캠핑카 등을 연결할 수 있다는 특징이 있다. 추가로, 자가용이 트럭이 아니더라도 차 자체를 그냥 '트럭'으로 부른다.

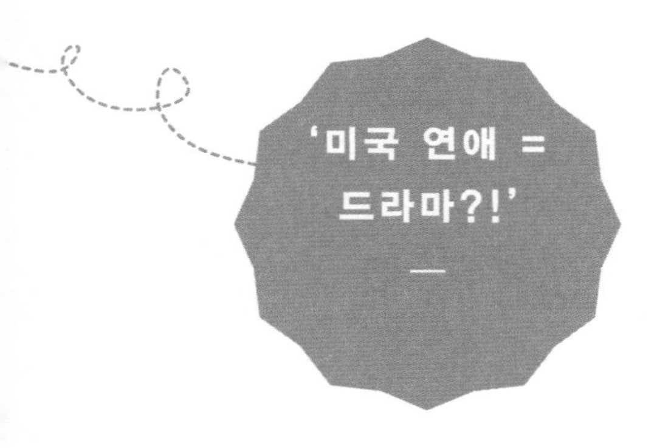

교환학생들이 가장 관심을 갖는 미국 문화 중 하나가 아마 연애 문화일 것이라고 생각한다. 사실 나도 '아, 미국 가서 연애 좀 하고 와야지~' 하는 막연한 목표(?)가 있었고 말이다. 내 연애도 연애지만, 사실 주변에서 보고 들은 친구들의 연애 이야기가 더 흥미로울 것 같아 그들의 연애 이야기를 풀어보려고 한다. 친구들의 이름은 신상보호 차원으로 이니셜만 언급할 예정이니 양해를 부탁 드린다!

먼저 내 호스트 여동생 조시는 인스타그램 디엠으로 다니엘이라는 옆 학교 남학생에게 데이트 신청을 받았다. 생판 모르던 남자에게 연락이 오니 당황할 수밖에 없었을 뿐더러 그가 괜찮은 인물인지도 몰랐다. 하지만 좁디좁은 우리 동네였기 때문에 친구들을 통해 그에 대한 기본적인 정보를 알아낼 수 있었다. 그리고 그 다음 주 수요일, 호맘이 조시를 그의 교회까지 데려다주었다.

그들의 첫 데이트 장소는 바로 '교회'였던 것이다. 다른 지역은 어떤지 몰라도 우리 동네에는 'Wednesday Night(Church Service)'라는 것이 있어 수요일마다 어른, 아이 할 것 없이 모두 교회에 가서 예배를 드리거나 성경공부를 하는 일종의 프로그램이 있었다. 한국으로 따지자면 수요 예배 같은 개념인데, 학생들은 딱딱한 형식이 아닌 자유롭고 즐거운 분위기에서 성경공부를 할 수 있었다. 어쨌거나, 이런 식으로 몇 달간 조시는 수요일마다 다니엘의 교회로 성경공부 겸 데이트를 하러 갔고, 점점 일요일까지 그의 교회에서 예배를 드리는 날이 많아졌다.

종종 그가 우리 교회에 와서 함께 예배를 드리는 날도 있었다. 둘이 아직 연애 전이라는 사실을 알 리가 없는 어른들은 다니엘을 조시의 '남자친구'라고 칭할 때가 많았다. 처음엔 "We're not dating yet!(저희 아직 사귀는

거 아니에요!)", "He's not my boyfriend!(걔, 제 남자친구 아니에요!)"라며 다니엘과의 사이를 확실히 하던 조시도 곧 지쳤는지 그러려니 듣고 넘겼다. 그리고 데이트를 시작한 지 거의 넉 달이 다되어서야 둘은 공식적인 '커플'이 되었다.

그들의 연애 시작 후 나는 몇 가지 불편함을 느낄 수밖에 없었다. 매주 일요일, 예배를 마친 후 조시를 집에 데려다준 다니엘이 우리 가족과 점심 식사를 함께하기 시작한 것이다. 그게 다가 아니었다. 다니엘은 좀처럼 집에 돌아갈 생각을 하지 않고 저녁식사 시간이 다 될 때까지 우리 집에서 조시와 연애질을 했다.

둘이서만 방에 들어가는 것을 금지한 부모님 때문에 그들은 주로 1층 거실 또는 2층에 있는 소파에 나란히 앉아 꽁냥거렸는데, 나로선 그게 그렇게 불편할 수가 없었다. 다니엘과 전혀 친하지도 않아 말을 걸기도 뭣해서 최대한 방에 박혀 지냈지만, 어쩔 수 없이 방에서 나와야 하는 상황이 생길 때면 최대한 그들에게 관심을 가지지 않으려고 노력했다.

"헤이 유민, 나 어제 섹스했다!"

내 절친이었던 J라는 여자애(사실상 언니지만 미국에서 생활하는 동안에는 언니, 오빠 하는 개념이 없었으므로)는 연애는 한 번도 해보지 않았지만, 이성과의 관계를 주기적으로 맺는 친구였다. 확실히 한국보다는 청소년 성문화가 많이 발달했고, 대다수가 오픈된 분위기였기에 미국 학생들은 보통 자신의 경험을 자랑처럼 말하고 다니는 경우가 많았다. 그녀 또한 일주일에도 수차례 "Hey Yumin, guess what! I had sex last night!(헤이 유민, 나 어제 섹스했다!)" 하며 나에게 자랑을 했다.

나로서는 궁금하지도 않았던 친구의 성생활을 알게 된 것이기에, 처음엔 그런 이야기가 달갑진 않았다. 하지만 곧 '연애'를 하지 않는 그녀에게 이성과의 하룻밤, 혹은 짧게 스쳐 지나가는 데이트 상대와의 관계가 얼마나 의미 있는지를 깨닫게 되었다. 그래서 "Good for you!(좋았겠네!)", "How was it?(어땠어?)"라는 대답을 하며 그녀가 더 이야기를 풀어낼 수 있게 대화를 이끌었다. 진정한 연애는 한 번도 한 적이 없던 그녀에게서 몇 달 전인 9월의 어느 날, 드디어 첫 남자친구가 생겼다는 소식을 전해 들었고, 그녀가 행복한 모습을 보니 나도 행복할 따름이다.

미국에서 커플 형태는 상상 이상이다

B라는 친구는 2017~2018년 여름에 스페인에서 온 E라는 잘생기고 훤칠한 교환학생과, 학기 초인 8월부터 그가 스페인으로 돌아간 날인 6월까

지 사귀었다. 악셀과 두 달도 채 사귀지 못한 나였기에, 거의 일 년이라는 기간동안 쭉 연애한 그들이 부러웠고 또 대단하다고 생각했다. 모든 현지인-교환학생 커플에게 다 해당하는 것이지만, 미국 학생과 교환학생이 연애할 때는 으레 교환학생이 언젠가 떠나는 날이 오지 않는가.

교환학생 처지에서는 연인과 함께했던 모든 기억과 추억을 미국에 남겨둔 채 떠나야 하고, 미국 학생 입장에서는 그가 남기고 간 추억들을 그 없이 떠올려야 한다. 무엇보다도 둘 중 한 명이 비행기를 타고 상대의 나라를 방문하지 않는 이상 둘은 앞으로 만날 일이 거의 없다. 이 사실이 가장 가슴 아픈 일인 것 같다. 어쨌거나, 이 커플은 다들 부러워하는 선남선녀 커플이었다. E가 떠남과 동시에 이별을 맞이했지만, 지금까지도 친구로서 계속 연락을 하고 있다고 들었다.

미국에서 지내면서 느낀 또 다른 점은 나이 차이가 많은 커플이 흔하다는 것이었다. 나이 차이야 나봤자 얼마나 나겠어, 할 수 있지만 내가 하려는 말은 그게 아니다. 학생과 이혼한 성인의 연애를 말하는 것이다. 친구가 만 18세였기 때문에 법적으로 문제 될 건 없었지만, 이미 결혼을 했고 아이도 두 명 있는 30대 남자에게 매력을 느껴 연애했다는 게 나는 사실 잘 이해가 되지 않았다. 친구가 알바가 끝난 후 그의 집에 가서 그의 자녀를 베이비시팅 해준다는 말을 듣고는 그들의 나이 차이가 실감이 나서 기분이 이상했다. 남자는 친구와의 연애에 정말 진심이었는지 프러포즈까지 했는데, 결국 둘은 오래가지 못하고 헤어지고 말았다. 슬퍼하는 친구의 모습에

62
INTERNATIONAL
EMERGENCY DOOR

마음이 아팠지만, 나는 한편으로는 잘되었다는 나쁜(?) 생각을 하며 안도의 숨을 내쉬었다.

여기서 또 느꼈던 것은 미국에서의 프러포즈는 뭔가 가볍게 느껴진다는 사실이었다. 실제로 미국에는 고등학교를 졸업하자마자 바로 결혼식을 올리는 커플들이 많다. 그중 오래가는 사람들도 있겠지만, 대부분은 이혼 후 다른 사람과 재혼을 한다고 했다. 물론 정말 사랑하는 사람이기에 남은 일생을 함께하기로 약속하는 것이겠지만, 어린 나이에 그렇게 조급할 필요가 있는 건지 사실 조금 궁금했다.

'미드'에서나 볼 법한 일들을 직접 보고 듣다

J의 친구 중 남자친구와의 관계 후 임신을 하여(원했던 것인지, 실수였던 것인지는 잘 모르겠다) 아이를 갖고, 후에 결혼을 한 친구가 있었다. 한국 나이로 따지면 19살은 아이를 보육하기에는 조금은 버거울 수 있지만, 그녀는 자신과 남편이 가정을 이루고 아이를 키운다는 사실에 행복해하는 것같아 보였다. 미국은 어린 나이에 아이를 갖거나, 미혼이지만 아이를 키우는 데 있어 한국보단 편견이 없는 나라이기에 가능하지 않았나 싶다.

내가 미국에 살면서 본 가장 충격적인 연애 문화는 바로 '헤어진 후에도 SNS에 올렸던 전 애인의 사진을 삭제하지 않는 것'이었다. 물론 내 주변 친구들만 그런 것일지도 모른다. 하지만 친구들이 헤어진 후에도 새 남자친구가 생기기 전까진 예전의 남자친구와 함께 찍은 사진과 글을 내리지 않는 경우를 수차례 보았고, 그게 나에게 신선한 충격을 안겨주었다.

좀 드라마 같은 이야기지만 이럴 때도 있었다. T라는 남자애가 거의 2년이 다 되게 사귄 여자친구를 버리고 P라는 여자애와 바람을 피운 것이다. 나도 처음엔 바람은 어느 나라에 가도 피울 놈들은 다 피우기 마련이라고 생각해서 별로 특별함을 느끼지 못했다. 하지만 문제는 T와 P의 부모 관계였다.

T의 아빠는 수년 전 이혼한 싱글, P의 엄마도 두 차례의 이혼을 한(여담이지만, 두 전 남편 다 그녀와의 이혼 후 몇 년이 지나지 않아 질병으로 사망했다) 싱글이었으며, 그 둘이 연애를 하고 있었다. 다시 말해 그들은 서로의 부모와 자녀가 서로 연애 중이었다.

여기까지도 어찌어찌 이해하고 넘어간다고 치자. 이 드라마의 하이라이트는 두 부모의 '결혼'이다. 1년도 채 되지 않게 연애한 이후 T의 아빠가 P의 엄마에게 프러포즈를 했고, 둘은 법적으로 부부가 되었다. 그말인즉슨 T와 P는 '이복남매'가 된 것이다. 물론 나도 남의 연애사에 이런저런 말을 끼얹고 싶은 맘은 없지만, 사실 그들이 걱정되는 건 사실이다. 앞으로 그들의 부모님이 이혼하지 않는 한, 평생 한집에서 살며 지내야 할 텐데 혹여나 좋지않게 끝난다면……. 으, 생각하기도 싫다.

이런 '미드'에서나 볼 법한 일들을 내가 직접 보고 들었다는 점에서 '아, 내가 정말 미국에 갔다 온 게 맞구나'라는 생각이 든다.

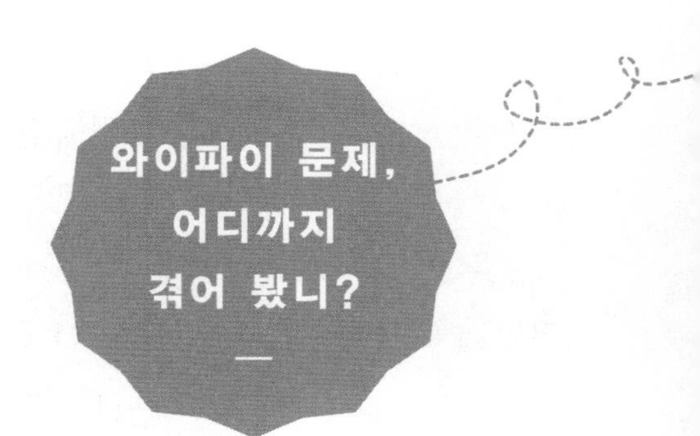

와이파이 문제, 어디까지 겪어 봤니?

교환학생이면 모두 한번은 겪기 마련인 것들이 있다. 와이파이 혹은 인터넷 네트워크 문제. 와이파이 강국으로 유명한 한국과는 반대로 미국은 정말 인터넷 속도가 느리다. 미국에 가기 전에도 인터넷 속도가 한국에 비해서 많이 느리니 다들 각오하라는 말은 몇 번 들었지만, 실제로 겪어보니 인터넷의 소중함을 알게 되었다.

내가 사는 동네는 워낙 인구가 적고, 숲속이라고 해도 과언이 아닌 동네였기에 더더욱 인터넷 연결이 잘되지 않았다. 심지어 인터넷뿐만 아니라 통화할 수 있는 네트워크가 아예 잡히질 않았다. 그래서 집 밖으로 나가면 인터넷에다가 전화, 문자까지 불가능해진다. 학교에서(사실 교내 휴대폰 금지 교칙이 있었지만, 아무도 지키지 않았다) 문자나 스냅챗을 하려면 화장실에 가서 창문에 휴대폰을 딱 붙이고 있어야 겨우 사용이 가능한 네트워크에 연결할 수 있었다.

이로 인해 일어나는 가장 큰 문제는 호스트 부모님과의 연락 문제였다. 매주 수요일, 교회에 나가 성경공부를 하고 난 뒤 약속된 시간에 부모님 중

한 분이 나를 픽업하는 게 보통이었는데, 가끔 성경공부가 일찍 끝나버리는 날이 있었다. 하나둘씩 차를 타고 떠나는 주차장을 바라보며 나는 호맘이든, 호댐이든 누군가가 빨리 와주길 바라는 수밖에 없었다.

가끔 친구들이나 일본인 교환학생을 호스트하는 Ms. Darlene이 "Do you want me to bring you home?(우리가 집에 데려다 줄까?)", "We can take you home if you want.(네가 원한다면 우리가 널 집에 데려다줄 수 있는데.")라고 친절을 베풀었지만, 나는 매번 "No, I'm good. Mom will come pick me up. Thanks though(아뇨 괜찮아요. 엄마가 데리러 오실 거예요. 감사합니다)"하며 거절할 수밖에 없었다. 호스트 부모님께 누군가가 나를 집에 데려다 줄테니 나를 픽업하러 올 필요가 없다는 연락을 할 길이 없었기 때문이다.

이쯤 되면 다들 예상할 수 있겠지만

집 밖에서의 네트워크뿐만 아니라 집 안에서의 인터넷 연결 문제도 정말 심각했다. 인터넷 연결이 너무 약해서 내가 블로그에 글을 업로드하는데 정말 오랜 시간이 걸렸다. 사진을 포함한 글을 올릴 때 몇십 분이 걸렸고, 동영상은 아예 첨부조차 되지 않았다. 그래서 글을 올린 후 내가 카톡으로 보낸 동영상을 한국에 있는 아빠가 다운로드해서 게시물에 첨부를 해주는 식이었다. 이렇게 아주 복잡한 방법으로 글을 올려야만 했다.

또한, 어느 정도 경험치가 쌓인 내가 생각해낸 방법은 바로 '틈이 나는 대로 글을 써서 임시저장하기'였다. 사진을 한꺼번에 많이 첨부하면 글이 올라가지 않았기에 한 번에 소량의 사진을 첨부해서 임시저장을 하는 과정을 여러 번 반복한 후, 최종 업로드를 하는 방법을 택한 것이다. 덕분에 나는 시간 날 때마다 글을 쓰는 성실함이 생겼다.

그래도 이 경우는 약과에 불과했다. 내가 미국에 온 지 몇 달이 지난 언젠가부터, 집안에 디바이스 기기가 점점 늘어나기 시작했다. 호맘의 노트북, 호댇의 아이패드, 쌍둥이의 애플워치 등등 와이파이에 연결해야만 사용할 수 있는 기기가 늘어났다. 그로 인해 인터넷 속도는 달팽이가 땅을 기는 정도로 느려졌다.

문제는 바로 내가 휴대폰 사용량이 많다는 이유로 와이파이를 느리게 하는 주범으로 몰렸다는 것이다. 평일에는 쌍둥이가 학교 숙제를 하도록 부모님이 휴대폰을 압수했고, 주말이 되어서야 쌍둥이는 휴대폰을 사용할 수 있었다. 그들은 주로 모바일 게임을 했는데, 와이파이가 느려서 게임을 할 수 없다면서 나에게 불만을 표출했다.

주말만 되면 "YUMIN! GET OFF THE WIFI!(유민! 와이파이 좀 끊어봐!)", "I AM! OFF THE WIFI!(나 지금 와이파이 안 쓰고 있거든!)", "NO YOU'RE NOT!(쓰고 있잖아!)", "YES I AM! COME CHECK MY PHONE(LAPTOP)!(아니거든! 와서 확인해보든가!)" 이런 내용의 언성 높은

대화(보다는 말다툼이라는 표현이 더 적절하겠다)가 울려 퍼졌다.

결국엔 보다 못한 호맘이 나서서 내놓은 해결책은 바로 주말 동안 내가 와이파이 사용을 하지 않는 것이었다. 나에게는 청천벽력 같은 말이었다. 와이파이 없이는 할 수 있는 게 아무것도 없었다. 데이터를 쓰고 싶어도 - 이쯤 되면 다들 예상할 수 있겠지만 - 데이터조차도 연결이 희박했기 때문이다.

어쨌거나, 나는 주말에만 휴대폰을 쓸 수 있는 불쌍한 쌍둥이와, 주말에는 집에서 좀 편히 쉬고 싶어 하실 호스트 부모님을 위해 그의 말을 따르기로 했다. 지루함을 달래기 위해 학교 도서관에서 책을 빌려 읽기 시작했다. 어쩌면 잘된 일이었을 지도 모른다.

TROU

Part 6

Trouble,
trouble,
trouble…

JBLE

그동안 내게 주어진 환경에 나름 만족을 하려 노력했고, 내가 할 수 없는 많은 것들에 대한 미련을 버리려고 많이 노력했다. 하지만 똑같이 준비하고 왔는데 다른 교환학생들에 비해 기회가 너무 없다는 사실을 곱씹을수록 나 자신이 처량해지는 건 어쩔 수 없었다.

미국 생활이 일 년 내내 순탄한 교환학생은 아마 존재하지 않을 것이다. 굳이 티를 내진 않아도 다들 남모르는 고민이 있거나 스트레스를 받을 것이라고 확신한다. 스트레스를 받는 이유는 아마 문화 차이 때문이든, 성격 차이 때문이든 사람들과 생기는 트러블일 것이라고 생각한다. 미국 교환학생 생활을 하면서 트러블이 생기는 이유는 다양하겠지만, 크게 나눠보자면 첫째는 호스트와의 문제, 둘째는 친구들, 또는 학교생활을 하다가 생기는 문제, 마지막으로 슬럼프가 있다.

먼저 호스트 가족들과의 트러블 + 슬럼프에 대한 나의 경험을 예로 들어보겠다. 내 호스트 가족은 사람들에게 보이는 이미지를 굉장히 중요하게 여겼다. 아빠는 교사, 엄마는 동네에 하나뿐인 동물 진료소 원장이었으니, 그럴 만도 했다. 본래 부모님도 엄격하신 편이라 내 성격과 맞지 않는 부분이 없지 않아 있었다. 예를 들자면, 나의 옷차림에 너무 엄격하셨다.

학교 복장 규정에 조금이라도 어긋나면 바로 옷을 갈아입고 오라고 말할 뿐만 아니라, 내가 한국에서는 잘만 입던 치마나 반바지가 너무 짧다며 눈치를 주기도 했다. 또, 친구들이랑 놀러 갈 때 하루 전에 사소한 계획까지 샅샅이 말하지 않으면 못 가게 하기도 했다.

'호스트 외 인물과 어딘가를 갈 때 호스트에게 장소와 시간, 인물에 대한 정보를 준 후 미리 허락을 받아야 한다.'

물론 나를 포함한 교환학생 신분의 모든 학생에게 적용되는 엄격한 룰이긴 했지만, 다른 교환학생 친구에 비해 나의 호스트 부모님이 더 엄격한 감이 있었다.

내가 스트레스를 받는 부분은 이뿐만이 아니었다. 나를 싫어했던 게 분명한 쌍둥이 남동생들의 고자질과, 도를 넘은 장난질이 나를 폭발 직전의 화산 상태에 다다르게 했다. 그들의 만행은 수도 없어서 하나하나 다 적긴 힘들기에 대표적인 것만 몇 가지 적어보겠다. 우선 학교에서의 나의 행실을 호스트 부모님께 일일이 다 일러바친 것이 있다. 예를 들면 쌍둥이는 내가 학교에서 f word(욕)를 사용했다든가, 학교에서 벨트를 착용하지 않았다든가, 수업시간에 몰래 휴대폰을 했다든가 등등의 사소한 것들을 부모님께 고자질했다.

그런 날이면 저녁을 먹을 때 잔소리를 들을 뿐만 아니라, 며칠 내내 눈치를 보며 행동을 조심해야 했다. 학교에서 최대한 쌍둥이를 마주치지 않으려 노력했지만, 좁디 좁은 학교였기에 결국 모든 것이 다 호스트 부모님의 귀에 들어가는 경우가 허다했다. 내가 잘못한 부분도 있지만, 호스트 가족이 이 정도로 엄격하지 않았다면 그렇게까지 눈치 볼 필요가 없었던 것들이 너무 많았다. **그래서 나는 날이 갈수록 스트레스만 쌓여 갔다. 자유분방한 성격의 나에게는 모든 것이 다 압박처럼 느껴진 것이다.**

너무 억울하고 어이가 없었지만

그런데도 별다른 큰 문제 없이 서로를 이해하며 지내던 중이었다. 하지만 12월 말, 사건이 터지고 말았다. 사건의 발단은 명백히 나의 잘못된 행동이었다. 바로 학교 수업을, 그것도 호스트 아빠의 수업을 '째버린' 것이다. 그때는 겨울방학식을 딱 하루 남긴 날이었고, 나는 기말고사를 마치고 방학이 다가오면 분위기가 풀어지는 한국과 미국도 다를 게 없다고 생각했다. 그리고 애초에 우리 학교는 선생님들이 제대로 된 수업을 진행하지 않아서 학생들끼리 떠들거나 각자 할 일을 하며 시간을 보내기 일쑤였다. 그 때문에 수업을 빼먹는 게 큰 문제가 되지 않을 거라고 판단했다. 더욱이 나와 시니어들은 내년 5월에 있을 시니어 트립에 대한 계획을 세우는 중이었기에 매우 정신없는 나날을 보내고 있었다(결국엔 2주를 남기고 시니어 트립은 취소되었지만).

그리하여 나는 7교시 P.E.와 8교시 Ag 수업에 들어가지 않았다. 문제는 첫째, 나의 호스트는 정말 엄격한 가족이었고 둘째, 그 7~8교시 수업이 바로 호댄의 수업이었다는 것이다. 호댄께서는 그 이야기를 쌍둥이에게 전달했고, 쌍둥이는 그걸 호맘께 전달했다. 호맘은 내가 아빠의 수업에 빠졌다는 말을 듣고 머리 끝까지 화가 나셨고, 그동안 나에게 쌓인 것들을 폭포처럼 쏟아내기 시작했다.

나는 전혀 모르고 있었던, 호맘이 나에게 느꼈던 좋지 않은 감정, 평소 아니꼬웠던 행동들에 대해 소리를 지르며 말하는데, 나는 그 상황이 너무 믿기지 않고 무서워서 아무 말도 하지 못했다. 호맘이 얘기한 것들 중 분명 오해도 있어서 너무 억울하고 어이가 없었지만, 그 상황에서 내가 할 수 있는 건 입을 다문 채 눈물을 참는 일이었다.

하지만 벅차오르는 서러움에 결국 눈물을 터뜨리고 말았다. 호맘이 하신 얘기 중 정말 여러 가지가 있지만, 가장 납득이 안 되는 것은 내가 어울리는 친구들에 관한 얘기들이었다. 본래 캠프 가족이 처음으로 교환학생을 받은 이유가 언니나 여동생이 없는 조시를 위해서였다. 그런데 막상 그들의 교환학생이 조시가 아닌 다른 친구들이랑 어울리는 게 호스트 입장에서는 마음에 썩 들지 않았던 모양이다. 나와 조시는 학년이 다르니 같이 노는 친구가 다를 수밖에 없는데 말이다. 조시의 친구들은 행동이 바르고 교회도 잘 다니는 좋은 애들이라고 표현할 때, 내 친구들은 그렇지 않다는 뉘앙스가 풍겼다.

미국 생활 5개월 만에 처음으로 '슬럼프'

그날 이후로 나는 호맘에게 마음을 닫아버렸다. 이 사건을 시발점으로 나는 진지하게 호스트와 학교를 바꾸겠다는 결심을 하게 되었다. 미국 교환학생 재단인 CIEE에 연락을 해서 한국인 직원분과 대화를 나누기 시작

60955AAA2
JUNIORGLO
5AAA24
JUNIORGLO

했다. 사건의 발달을 말하고 학교에 클럽활동과 스포츠가 없다, 등등 그 동안의 고민과 불만들을 털어놓고 혹시 호스트를 바꿀 수 있냐고 물었다.

그 직원분은 재단과 회의를 해본 후 연락을 주겠다고 했고, 나는 나대로 또 고민하기 시작했다. 캘빈에서 캠프 가족과 남은 기간을 계속 지내자니 서로 맞지도 않고 주고받은 상처가 너무 많았다. 또 내가 교환학생으로서 누리지 못하는 게 너무 많아서 억울하다고 느꼈다. 하지만 막상 호스트를 바꾸자니 그동안 호스트가 해준 것들이 떠오르고, 새로 간 학교에서 처음부터 다시 시작할 생각을 하니 너무 암담했다.

교환학생 친구들과 전화도 하고 한국에 계신 엄마와 아빠랑도 대화를 나누어봤지만, 쉽게 결정을 내릴 수가 없었다. 또, 호스트 가족에게 말을 꺼내기엔 내가 너무 이기적인 것 같아서 혼자 속으로만 끙끙 앓는 수밖에 없었다.

그때 미국 생활 5개월 만에 처음으로 '슬럼프'라는 것이 찾아왔다. 2주 길이의 겨울방학 기간 동안 난 방에 틀어박혀 물과 음식이 필요할 때를 제외하고는 방 밖으로 발을 내딛지도 않았다. **그동안 쌓아온 모든 게 다 무너지는 것 같고, 왜 나만 이런 시련을 겪어야 하는가 하는 생각에 그냥 다 때려치우고 한국으로 돌아가고 싶다는 생각뿐이었다.**

그동안 내게 주어진 환경에 나름 만족을 하려 노력했고, 내가 할 수 없는 많은 것들에 대한 미련을 버리려고 많이 노력했다. 하지만 똑같이 준비하고 왔는데, 다른 교환학생들에 비해 기회가 너무 없다는 사실을 곱씹을 수록 나 자신이 처량해지는 건 어쩔 수 없었다.

●●●● 이번에는 호스트 형제와의 문제를 다뤄보려고 한다. 앞서 말했듯, 나의 호스트 가족이 교환학생을 받기로 결정하게 된 가장 큰 이유는 맏딸 조시를 위해서였다. 조시는 3살 어린 남동생들과는 함께 못하는 것들을 또래의 여자아이와 함께하고 싶은 마음이 컸을 것이다. 나는 한국에서 2018년 3월 말에 교환학생 지역을 배정받은 이후 한 달 정도 후에 바로 조시와 스카이프로 채팅을 시작했다. 7월 말까지 계속 연락을 주고받았으니 미국에 오기 전에 3달 정도 연락했던 셈이다.

채팅으로는 대화도 정말 술술 잘 흘러가고, 이런저런 얘기가 끊이질 않았다. 하지만 공항에서 호스트 가족을 만났던 다음날, 대회 때문에 다른 곳에 가있던 조시를 픽업하러 갔을 때 모든 건 내가 상상한 것과 달랐다. 그동안 내내 채팅으로만 대화하던, 새파란 눈에 훤칠한 키의 여동생을 처음 보니 뭔가 주눅이 드는 기분이었다.

동네로 다시 돌아오는 차 안에서 3시간 내내 우리는 말이 없었다. 조시가 엄마랑 얘기하면 나는 그에 대한 내 얘기를 엄마한테 하는 식이었다. 뭔

가 우리가 직접적으로 대화하는 게 아니라, 호맘이 우리 둘 사이에서 통역사 역할을 하는 느낌이었다. 개학까지 남은 열흘 남짓 기간 동안 보트를 타고 쇼핑을 하는 등 조시와 함께 하는 시간은 많았지만, 뭔가 보이지 않는 벽이 있어 일정 거리 이상은 다가가기 힘들다는 느낌을 받았다.

어쨌거나, 학교가 시작되고 진짜 문제가 시작되었다. 학교 카운슬러가 내 시간표를 한두 개 빼고 조시와 겹치게 짜놓은 것이었다. 하지만 수학 수업이 너무 쉽게 느껴진 나는 한 단계 높은 수업을 듣고 싶어 시간표를 재조정했다. 알지브라2를 심화수학 수업으로 바꾼 후 영어, 역사 또는 사회, 과학 등 재단에서 필수 과목으로 정한 수업들을 다 듣기 위해 시간표를 다시 짜기 시작했다. 문제는 학교가 너무 소규모이다 보니 수업이 다양하지 않을뿐더러, 각 과목별로 선생님이 한 분씩만 계셔서 아예 시간표가 전부 싹 갈아 엎어졌다는 것이다.

그러다 보니 겹치는 수업이 거의 없어졌고, 조시와 다른 학년인, 시니어 친구들과 가까워지기 시작했다. 물론 점심은 서로 기다린 후 함께 먹었다. 하지만 그도 잠시, 나는 새로 온 교환학생(나중에 결국 사귀게 되었지만) 악셀과 점심을 같이 먹기 시작했다.

그에 반응하듯, 체육 시간에 짝을 지어 운동할 때 조시는 더 이상 나와 짝을 하지 않았다. 나는 씁쓸했지만, 딱히 할 수 있는 말이 없었다. 이걸 시작으로 우리 사이는 더 멀어지게 되었다. 복도에서 마주쳐도 뭔가 인사하기 꺼려져서 이후 복도를 지나갈 때 일부러 시선을 다른 곳으로 돌리곤 했다. 집에서는 더 끔찍했다. 3시 10분에 학교를 마치고 집에 오면 우린 각자 방으로 곧장 향했다.

어느 날, 마침내 큰 결심을 하다

결국 조시와는 아침에 굿모닝, 밤에 굿나잇, 이 말도 거의 하지 않을 정도로 교류가 끊겼다. 처음에 서로의 행동에 대해 상처를 받아 따로 놀았던 느낌은 있었지만, 우리가 서로를 싫어한 것은 아니었다. 얼마 지나지 않아 다시 서로에게 다가가려고 노력을 하기 시작했다. 서로에게 작은 선물을 준비해 방에 놓아두는 행동을 몇 달에 한 번꼴로 정말 많이 했는데, 무슨 청춘 로맨스 영화를 찍는 것 같았다.

조시와 나는 직접 대면하고 선물을 줄 자신은 없어 서로의 방이 빌 때 슬쩍 탁자에 두고, 상대가 그걸 보고 고맙다는 말을 할 때까지 모른 척을 했다. 지금 돌아보면 그게 참 뭐가 힘들었을까 싶지만, 그 당시엔 그냥 모든 게 다 쉽지 않았다. 이런 노력에도 우리의 거리는 좀처럼 가까워지지 않았다. 애초부터 조시의 조용한 성격과 나의 은근 소심하고 낯을 가리는 성격이 서로 가까워지는 데 어려움으로 작용한 것 같다. 조시와 눈을 마주칠 때면 뭔가 나에 대해 다 알고 있는 느낌을 받아 왠지 모르게 겁이 났다. 그리고 가까워질 듯 말듯한 우리의 사이는 내가 미국 땅을 떠날 때까지 계속되었다.

그러던 2월의 어느 날, 우리는 마침내 큰 결심을 했다. 그렇게 미루고 미루던 '버킷 리스트'를 정말 만들어서 실행하자는 거였다. Wunderlist라는 앱을 휴대폰으로 다운받은 후, 계정을 공유해서 우리 둘만의 소소한 리스트를 작성했다. 그리고 학교에 가지 않는 날이나, 계획이 딱히 없는 주말을 이용해 천천히 하나하나씩 체크해나갔다.

첫 스타트는 '쿠키 굽기'였다(우리 사이가 너무 어색했기에 같은 층에서 각자 방에 있었는데도 문자로 대화했다. 용기가 나지 않아서 그런 거였지만, 이름을 부르면 들릴 거리에서 서로 쿠키를 만들자고 문자를 주고받는다는 사실이 너무 재밌었다).

쿠키 도우를 밀대로 얇게 펴준 후, 쿠키 틀로 모양을 내주고 오븐에 구웠다. 그리고 장식용 아이싱과 식용 글리터(색깔있는 설탕)로 쿠키를 꾸며주었다. 나는 사람 모양 쿠키를 초록색 아이싱을 이용해 헐크로 꾸몄고, 조시는 귀엽다며 칭찬했다. 그다음 목록은 '마스크 팩하기'였다. 그날 저녁에 조시가 나에게 "유민, 우리 밤 8시에 마스크 팩하자!"라고 했고, 무슨 데이트라도 하는 마냥 시간이 가까워질수록 떨리기 시작했다.

둘 다 여자라서 정말 복잡했던 듯

마침내 8시가 되고, 우리는 화장실에 들어가 얼굴에 팩을 바르기 시작했다. 통에 액체 괴물같이 들어있는 반 액체 상태였는데, 별가루와 반짝이가 들어있어서 그걸 얼굴에 펴서 바르니 얼굴이 샤랄라해졌다. 어색한 분위기를 깨기 위해 셀카를 찍기 시작했는데, 조시가 갑자기 방에 가더니 LED 스탠드를 가지고 돌아왔다.

조명을 켜니까 화장실 내부가 놀랍도록 훨씬 더 환해졌다. 우리는 '전문 촬영 장비(?)' 덕에 잘 나온 셀카를 여러 장 건질 수 있었다. 그리고 우리가 가장 많은 이야기를 나누며 실행한 리스트는 바로 '비즈 팔찌 만들기'였다. 조시 방에 들어가 아마존에서 주문해둔 비즈를 침대에 다 쏟았다. 문구를 정해서 그 알파벳 비즈를 찾아야 했는데, 그게 정말 난관이었다.

나는 YUMIN, DREAM BIG, 그리고 BIG SIS라는 총 세 개의 문구를 완성해야 했는데, 비즈를 찾느라 눈이 빠질 것 같았다. 조시는 GLOW, LIL SIS, GORL GANG이라는 문구로 팔찌를 만들었다. 각자 Big sis-언니, Lil sis-여동생으로 만든 매칭 팔찌가 정말 마음에 들었다. 그동안의 대화 중

가장 어색함이 덜하고, 대화도 술술 흘러간 날이라 기억에 남았다.

조시가 한국 아이돌(BTS)과 음식, 관광지에 관심이 많은 걸 알고 있었던 나는 한국에 관한 이야기를 조금 했다. 그리고 나중에 한국에 놀러 오고 싶은 생각이 있냐고 물었고, 조시는 당연히 그러고 싶다고 대답했다. 내가 그럼 어디를 제일 가 보고 싶냐고 했고, 조시는 앱을 열더니 자신이 저장해 둔 관광지를 보여주었다. **내가 초대하지 않았어도 이미 한국에 오고 싶은 마음이 있었던 거였다.** 나는 그러면 내년 여름에 휴가로 우리나라에 오지 않겠냐고 제안했고, 들어볼 것도 없이 조시는 내 제안을 받아들였다.

우리는 이런 식으로 우리의 리스트를 하나하나 지워나가며 이런저런 소소한 이야기를 나눴다. 그 순간만큼은 정말 자매가 있다는 게 이렇게 좋은 거구나, 조시랑 대화를 나누니 정말 좋다는 등의 생각을 했다. 하지만 바로 다음 날이면 다시 우리 사이엔 어색함이 흘렀고, 그 때문에 받는 스트레스가 엄청 났다. 왜 항상 우리의 좋았던 분위기는 하루아침에 리셋이 되는지, 대체 뭐가 문제인지 알 수가 없었다.

그러다 보니 나 자신을 계속 탓하게 되었다. 내가 처음부터 모든 걸 망쳐 놓은 건 아닐까, 내가 노력을 충분히 하지 않아서 자꾸 이러는 게 아닐까 하는 생각에 나 자신을 싫어하게 되었던 것 같다. 나와 조시가 둘 다 여자여서 그런 건진 몰라도 정말 복잡했던 모양이다. 하지만 둘 다 노력할 만큼 해봤다는 데 의의를 두고 싶다.

재밌는 점은, 오히려 내가 미국을 떠나서 한국에 오니깐 비로소 조시와 유대감이 생겼다는 것이다. 가끔 조시와 문자로 시시콜콜한 이야기를 많이 하는데, 얼굴이 보이지 않으니 마음이 편한 것 같다. 어쨌든 지금 조시는 몇 년 후, 한국에서 나와 함께 여름을 보낼 생각에 많이 설레하고 있다(원래는

2020년 여름에 올 예정이었지만, 호스트 부모님의 반대(?)로 둘 다 성인이 되어서 만나기로 약속했다). 나 또한 어서 조시를 만나 한국 문화를 접하게 해주고 싶은 기대감에 벌써부터 설렌다.

시작이 있으면 언제나 끝이 있듯, 꿈만 같던 우리의 연애에도 끝이라는 게 있었다. 결론적으로 헤어지자고 이별 통보를 한 건 악셀이었다. 때는 2019년 1월 7일, 겨울방학이 지나고 2학기가 시작된 날이었다. 겨울방학 동안 엄청난 슬럼프를 겪고 생각이 깊어진 나는 몇 주만에 본 악셀을 보고도 마냥 좋지만은 않았다. 점심시간 때까진 그동안 못 나눈 이야기를 나누며 평소처럼 꽁냥댔다. 나는 에이드리안에게 내가 호스트를 옮기게 될 수도 있고, 그 경우 악셀과 헤어질 생각이라는 고민을 털어놓았다.

에이드리안은 "정말 그게 네가 원하는 거야?"라고 물었고, 나는 그러고 싶진 않지만 어쩔 수 없지 않겠냐는 식으로 말했다. 그러자 그녀는 약간 비꼬는 말투로 "Then go for it(그럼 너 알아서 해)"라고 했고, 나는 찝찝한 맘을 감출 수 없었다. 이상한 낌새가 보인 건 점심을 다 먹고 친구들과 밖에서 수다를 떨고 있을 때였다. 내가 악셀의 옆에 앉은 지 얼마 되지 않아 악셀은 자신의 가장 친한 친구이자 같은 스페인 교환학생인 환을 데리고 저 멀리 걸어가

더니 뭔가 심각한 이야기를 나누는 듯해 보였다.

곧 에이드리안도 데려가 이야기를 나눴다. 다음 교시 쉬는 시간에 나는 에이드리안에게 아까 악셀이랑 무슨 이야기를 나눴냐고, 무슨 일이 있냐고 물었고, 돌아온 대답은 너무 충격적이었다.

"악셀도 너와 헤어지고 싶대."

그 말을 들은 나는 눈앞이 캄캄해지는 것을 느꼈다.

"왜? 걔가 내가 걔랑 헤어지고 싶어하는 걸 알고 있어?"

"응. 근데 걔는 전부터 너한테 마음이 사라져서 너랑 더 이상 사귀고 싶지 않다고 했어".

아니, 이게 무슨 마른하늘의 날벼락 같은 말인가! 나는 헤어지는 걸 원하기 보단 상황이 어쩔 수 없던 것인데, 나의 남자친구는 그게 아니라 이미 오래전부터 이별을 생각해 왔다니! 전혀 예상치 못한 상황에 나는 마음이 쿵 가라앉았다. 곧 마지막 교시가 다가왔고, 원래대로였으면 둘만 함께 따로 앉아 다른 세상에 있는 듯 알콩달콩 했어야 할 우리는 그날만은 달랐다. 둘이 말이라도 맞춘 듯, 서로 멀찍이 떨어져 앉아 한 시간을 보냈다. 학교종이 울렸고, 평소라면 내일 보자는 인사를 하며 포옹을 해야 할 우리는 말 한마디도 없이 그렇게 헤어졌다. 그때 또 한 번 둘 사이의 분위기가 싸한 기운을 느꼈다.

나는 버스를 타고 집에 가던 중 악셀에게 'I gotta talk to you. Text me when you get home!(할 얘기가 있어. 집에 도착하면 문자 해!)'라고 문자를 보냈다. 그냥 이 상황에 대해, 앞으로 내가 내려야 할 결정들에 대해 얘기를 나누고 싶었을 뿐이었다. 곧 나는 집에 도착해 방 침대에 누워서 쉬고 있는데, 악셀에게 문자가 왔다. 심호흡을 먼저 하고 나서 읽었다. "그래, 유민. 네가 이별 통보를 하기에 가장 좋은 방법이 문자라고 생각한다면 뭐"라는 첫 문장에서부터 숨이 턱 막혔다. '지금 얘가 진짜 나랑 헤어지자 말하고 있는 거야?'라는 생각과 '지금 이거 꿈인가?'라는 생각으로 몸에 힘이 풀리는 기분이었다.

잠시 뒤 엄청나게 긴 문자가 도착했다. 정확한 내용은 잘 기억이 나지 않지만, 결론은 더 이상 자신은 날 좋아하지 않으며, 친구로 지내고 싶다는 내용이었다. 왜 나에게 마음이 사라졌는지, 헤어지고 싶은 이유는 뭔지 자기 딴에는 설명을 하려고 길게 늘어놓은 것 같은데, 나에게는 전혀 납득이 되지 않았다. 그저 핑곗거리처럼 느껴질 뿐이었다.

내가 항상 에이드리안과 환처럼 되고 싶어하고 에이드리안을 따라하려고 한다는 무슨 말도 되지 않는 이유를 근거로 드는데, 헛웃음이 나올 뿐이었다. 항상 자신의 여자친구에게 애정표현을 많이 하는 환이 너무 보기 좋았고 그 커플이 부러웠던 건 사실이었다. 서로의 집에 자주 놀러 가고 데이트도 자주 하는 그들을 어떻게 부러워하지 않을 수 있었겠는가. 그렇다고 나는 나의 남자친구에게 그들처럼 되고 싶다는, 혹은 우리의 연애가 불만족스럽다는 말을 한 적은 없었다. 그래서 항상 그 둘처럼 되고 싶어 하는 나에게 정이 떨어졌다는 그의 말을 전혀 이해할 수 없었다.

우리 사이에 장문의 문자가 여러 번 오간 뒤, 마침내 나와 그의 연애는 정말 끝이 났다. 문자를 다시 한번 읽으며 이별을 실감한 나는 눈물을 참지 못하고 펑펑 울고 말았다. 그동안 서로 좋아했던 감정과, 함께 만든 추억들이 이젠 다 지나간 것이라는 사실이 믿기지 않았고, 믿고 싶지도 않았다. 화가 나기도 했고 어이가 없기도 했지만, 공허함과 슬픔이 가장 컸던 것 같다.

모든 것이 이미 오래전에 정해진 것이라

다음날 학교에서 악셀을 보았지만, 차마 아무 일이 없는 듯 인사를 할 수가 없어 서로를 무시했다. 1교시를 마치고 교과서를 넣어두기 위해 로커(사물함)를 열었는데 무언가가 놓여 있었다(첫 몇 달 동안 로커를 잠그다가 나중에는 귀찮아서 자물쇠를 그냥 열어두었다). 악셀에게서 온 조금 늦은 크리스마스 선물이었다. 스페인 가족들과 여행을 갔다가 산 듯한 목걸이었다. 헤어진 다음날 크리스마스 선물을 받았다는 사실이 너무 가슴이 아플 뿐이었다.

정말 웃긴 건 헤어지고 난 후 며칠 동안 악셀이 계속 내 로커에 뭔갈 자꾸 넣어 두었다는 것이다. 다음 날 2교시 쉬는 시간에는 내가 전에 악셀에게 주었던 메달목걸이와 캡틴아메리카 방패 배지가 놓여 있었다. 그 메달목걸이는 우리의 추억이 담긴 물건이었다. 나름 커플인 티를 내고 싶었지만, 커플들끼리 반지나 후드티, 신발 등을 흔히 맞추는 한국과 달리 커플 아이템이라는 개념이 없는 미국이라 고민을 하던 나였다.

그러다 사촌 동생 트레이(Trey)의 생일파티 때 주워온 싸구려 금메달 목걸이를 다음날 악셀에게 해맑게 웃으며 선물이라고 건네주었다. 악셀은 달갑지 않은 표정이었지만, 결국 그날 종일 둘이서 메달을 목에 걸고 다녔던 기억이 났다. 친구들이 목에 걸려 있는 게 뭐냐고, 무슨 상을 받은 거냐고 물으면, 내가 장난식으로 "We won each other!(우리는 서로를 얻었어!)"라고 대답하던 것도 기억이 났다. 그런 소중한 물건이 내 눈앞에 덩그러니 놓여져 있는 게 너무 화가 나서 사물함 문을 쾅 하고 닫으며 충동적으로 목걸이를 쓰레기통 안에 던져 버렸다(배지는 내가 아끼던 것이었기에 슬그머니 가방에 챙겼지만 말이다).

그다음 날에는 내가 악셀에게 한글로 써주었던 쪽지들과 우리가 사귀기 전에 함께 찍었던 폴라로이드 사진이 놓여 있었다. 내가 크리스마스 선물로 준 팔찌와 키체인, 나의 증명사진을 마지막으로 내 로커는 조용해졌다.

헤어진 후 당장 문제가 되었던 것은 바로 그 주에 있었던, 미국 고등학교의 가장 큰 행사 중 하나인 '홈커밍'이었다. 나와 악셀이 사귀기도 전에 이미 온갖 스포츠와 (나름의) 클럽(FFA, 4H, FBLA 등)을 대표하여 홈커밍 세레모니에 참가할 사람을 뽑는 투표가 진행된 상태였다. 그리고 교환학생 대표는 나와 에이드리안 둘 중, 투표에서 이겨 내가 된 것이었다.

학교마다 다 다른 방식으로 진행될 수도 있겠지만, 우리는 후보 신청이 오직 여학생만 가능했다. 그리고 투표에서 대표로 선정된 여학생이 자신이 원하는 남학생에게 에스코트를 부탁하는 방식이었다. 따라서 교환학생 대표로 선정된 나는 당시 썸을 타던 악셀에게 에스코트를 부탁했던 것이다.

모든 것이 이미 오래전에 정해진 것이라 바꾸고 싶어도 바꿀 수 없는 상황이었다. 각 대표와 파트너가 팔짱을 낀 채 농구 코트를 천천히 가로질러야 했는데, 그말인즉 막 헤어져 엄청나게 어색한 사이인 우리가 아무 일 없다는 듯 서로의 팔짱을 끼고 사람들 앞을 걸어야 한다는 것이었다. 그것까지도 어찌어찌 감당할 수 있었다. 하지만 가장 큰 문제는 홈커밍의 꽃이라고 할 수 있는 댄스파티의 데이트가 헤어짐과 동시에 한순간에 사라졌다는 것이다.

홈커밍 댄스파티 때는 주로 남자들이 귀여운 포스터나 쿠키 등을 만들어 자신이 좋아하는 여학생에게 데이트 신청을 하는 문화가 있다. 물론 그런 것엔 관심도, 열정도 없던 나의 전 남자친구는 데이트 신청조차 제대로 한 적이 없었지만, 어쨌든 거의 두 달이 되는 기간 동안 데이트 걱정이 없었던 나는 너무 막막해졌다. 친구로서 함께 댄스파티를 갈 줄 알고 있었던 나와는 다른 생각이었던 그는, 나와 헤어진 당일 바로 다른 여자애에게 데이트 신청을 한 상태였다. 심지어 평소에 SNS에 글을 거의 올리지 않는 그가 자신이 그 여자애에게 데이트 신청을 하고 난 직후 함께 찍은 사진을 스냅챗 스토리에 올렸고, 그걸 본 나는 화가 나면서도 무척 씁쓸한 감정을 숨길 길이 없었다.

그 여자애는 얼굴도 예쁘고 평소에 악셀에게 자주 치근덕대는 감이 있었기에 내가 많이 경계하던 애였다. 그래서 더 서러운 마음이 컸던 것 같다. 데이트 없이 가야 하나 걱정하고 있던 나는 다행히 홈커밍 댄스 3일 전, 콜튼(Colton)이라는 친한 시니어에게 데이트 신청을 받아 고비는 넘길 수 있었다. 그리고 대망의 세레모니 날, 조시와 나는 아침 6시도 채 되지 않은 이른 시간에 동네 헤어샵에 가서 머리를 했다(조시는 FBLA의 대표로 뽑혔다).

집에 도착해 메이크업하고, 드레스를 입은 후 이미 쌍둥이를 등교시킨 호스트 아빠의 픽업을 받아 학교에 도착했다. 떨리는 마음으로 세레모니 장소인 체육관(gym) 문을 열고 들어가 대기실(탈의실)로 향했다. 내가 지나갈 때마다 친구들이 "Oh my god Yumin! You look so pretty!(맙소사 유민! 너 진짜 예쁘다!)"라는 말을 했고, 그럴수록 더 긴장이 되었다.

곧 세레모니가 시작되었고, 드디어 학교에서 제공해준 장미꽃을 오른손으로 들고 한껏 긴장해 대기하던 나의 이름이 불렸다. 심호흡을 하고 대기실에서 나와 양복을 한껏 차려입은 악셀과 팔짱을 낀 후 결혼을 하는 커플마냥 농구 코트 한 가운데를 천천히 거닐기 시작했다. 정

신을 차려보니 어느새 박수갈채를 받으며 세레모니는 끝이 나 있었다. 친구들과 함께 사진을 찍는데도 자꾸 악셀이 신경 쓰여 눈물이 날 것 같았다.

갑자기 눈물이 주르륵

다음날인 토요일 댄스파티 날, 콜튼이 우리 집에 잠깐 들러 내 손목에 코사지를 달아주었다. 나는 그의 가슴팍을 핀으로 찌르지 않으려 노력하며 부토니에를 달아주었다. 그리고 함께 사진을 찍는데 머릿속에는 계속 '나와 악셀이 아직 사귀고 있었다면 서로 꽃을 주고받으며 행복해 했겠지', '함께 드레스와 양복을 입고 사진을 찍었으면 정말 좋았을 텐데'라는 생각뿐이었다. 곧 콜튼과 댄스파티에서 다시 만나기로 하고 작별인사를 한 뒤, 곧 나는 파티 버스를 타는 주니어 친구들과 만났다. 그리고 다 같이 사진을 찍기로 한 장소로 향했다.

이곳에서 모토를 제외한 교환학생 네 명이 함께 사진을 찍고 단체 사진도 찍었다. 멀리서 악셀이 자신의 데이트와 함께 사진을 찍는 모습을 지켜보는데 가슴이 너무 아팠다. 그 여자애는 아무 잘못이 없다는 걸 알면서도 너무 원망스럽고 싫은 건 어쩔 수가 없었다.

곧 우린 파티 버스에 올랐고, 당연하게도 나는 감흥이 전혀 없었다. 사실 그전까진 술을 마셔보고 싶다는 생각을 한 번도 해본 적이 없었는데, 그

날만큼은 술을 마시겠다는 의지가 있었다. 친구들도 내가 힘든 걸 알았기 때문에 적당히 취할 수 있게 도와주겠다고 한 상태였다. 버스가 출발하고, 우린 아이스박스에 담아온 술을 꺼내기 시작했다.

한 친구가 술을 권했고 나는 거절하지 않았다. 처음 마셔본 술은 정말 맛이 없었고, 목구멍이 뜨거워졌을 뿐이었다. 그러다가 갑자기 눈물이 주르륵 흘렀다. 친구들은 다 내가 취기에 눈물을 쏟은 것이라고 생각했지만, 맹세코 난 절대 취한 것이 아니었다. 너무 서럽게 울어댄 탓에 차라리 그렇게 생각해주길 바란 건 사실이지만 말이다, 하하…. 버스 안에서 거의 4시간을 있었는데 다들 각자의 데이트 또는 남자, 여자친구와 사랑을 나누느라 남들은 안중에도 없었다. 그런 가운데에서 나는 몸 둘 바를 몰라 시간이 가기만 기다렸던 것 같다.

댄스파티가 열리는 장소에 버스가 도착했을 때는 나와 악셀, 악셀의 데이트 여친을 포함한 네다섯 명을 빼고 다들 떡이 되어 정신이 멀쩡한 사람이 거의 없었다. 만 21세가 되어야 합법적으로 술을 마실 수 있는 미국에서 미성년자들이 술을 마셨다는 사실이 들키면 큰일이 날 상황이었다. 특히 나는 재단에서 교환학생들에게 절대적으로 금지한 3D(Drinking, Driving, Drugs)를 어긴 데다가, 발각되었을 때는 미국에서 추방당할 수 있는 상황이었기에 다들 엄청나게 긴장을 했다. 하지만 별일 없이 우리는 버스에서 내려 건물 안으로 들어갔다.

댄스는 역시나 작은 학교의 행사답게 컨테이너 박스 비슷한 곳에서 열

렸다. 사람도 많아 봐야 50명 안팎이었고, 분위기도 내가 영화에서 봐왔던 분위기가 아니었다. 댄스가 시작되었는데도 춤을 추는 사람은 거의 없었고, 더더욱 댄스파티의 분위기는 나지 않았다. 가뜩이나 소심한 나는 사람들의 시선을 신경 쓰느라 춤을 제대로 추지도 못했다.

그러다 중간에 학부모 중 한 분이 대마초 냄새를 감지했고, 곧 경찰과 마약 탐지견이 건물 안으로 들이닥쳤다. 우리는 한 줄로 서서 건물 밖으로 나가야 했다. 한 명씩 차례대로 개를 지나쳐 다시 들어왔고, 그 과정에서 개의 반응을 일으킨 남학생 두 명이 댄스파티에서 쫓겨나게 되었다. 역시 미국 고등학생들은 '클래스'가 다르다는 걸을 새삼 깨달았다.

댄스 중간에 잔잔한 노래가 흘러나왔고, 일명 '슬로 댄스 타임'이 되었다. 콜튼과 나는 천천히 리듬을 타며 슬로 댄스를 추었다. 그런데 또 주책맞게 눈물이 흐르기 시작했다. 내겐 단 한 번뿐이었고, 처음이자 마지막 홈커밍은 이렇게 눈물 가득한 추억만 남겼다.

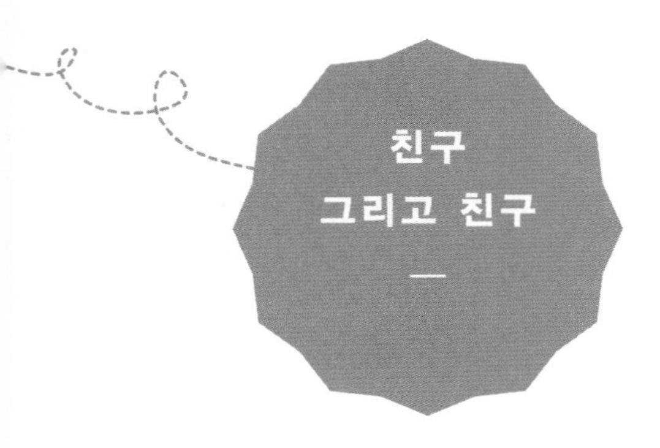

교환학생 생활을 하며 나에게 가장 힘들게 다가왔던 것 중 하나는 '친구 문제'였다.

대부분 교환학생은 학교 첫날에 대해 보통 이런 상상을 할 것이다.

'전학생이 온 것처럼 모두가 나를 둘러싸고 이런저런 질문과 궁금증을 쏟아내겠지.'

'내가 노력하지 않아도 친구들이 먼저 다가와서 밥도 같이 먹고, 무리에 끼워 주겠지.'

'다들 나를 챙겨주며 관심을 가져주겠지.'

나도 처음 학교에 얼굴을 비치면 내가 모든 학생의 이목을 끌 줄 알았다. 나에게 어느 나라에서 왔냐, 이름은 무어냐, 나이는 몇이냐 등의 질문들이 쏟아질 줄 알고 설렘 반, 긴장 반 첫 등교를 했다. 하지만 이상하리만큼 아무도 나에게 관심이 없었다.

조금 시간이 지나서 깨달은 것이지만, 아마 그 이유는 학생들 사이의 '친밀감' 때문이었던 것 같다. 앞에서도 말했듯 우리 학교는 크기가 작고 학생도 적지만, 유치원부터 고등학교까지 합쳐진 학교였다. 그렇기에 중간에 전학을 가거나 온 게 아닌 이상, 학교의 모든 학생은 서로를 아주 어릴 때부터 봐온 셈이다.

그들은 단순한 학교 친구들 사이가 아닌, 가족에 가까운 사이였다. 그만큼 이미 그들 사이의 유대감은 엄청났고, 나는 그들 사이에 틈을 비집고 설 자리가 없다고 느꼈다. **어쩌면 외국에서 온 내가 그들에게는 낯선 이방인으로 느껴졌을지도 모르겠다.**

사실 학교에서 친구들과 원활한 관계로 지내지 못한 데에는 내 탓도 컸다. 용기와 배짱이 부족했다. 아무도 말을 먼저 걸어오지 않은 삭막한 학교생활을 견뎌내기 위해 '애임하이교육 유학원'에서 배운 대로, 먼저 말도 걸고 최대한 아무것도 모르는 척 하면서 친구들에게 이것저것 물으려고 했다. 하지만 생각보다 그게 행동으로 잘 나오지 않았다.

예를 들면 일반사회(Civics) 시간에 선생님의 글씨체를 알아보지 못한 바람에 필기를 잘하지 못했을 때가 있었다. 단순히 주변에 앉은 친구들에게 물어봤으면 됐을 걸, 용기 내지 못해서 결국 교과서에 의지해서 필기를 하고 만 것이다. 그 외에도 국어(English) 시간에 고전을 읽는데, 몇 페이지인지 모를 때도 친구들에게 물어볼 배짱이 없어 수업시간 내내 다른 페이지를 펴놓고 어정쩡 시간을 흘려보낸 적도 있었다.

또, 체육 시간에 같이 운동하자는 말을 꺼내지 못해 혼자 뻘쭘하게 운동했던 일, 경기를 보러 갔을 때 친구들에게 옆에 앉아서 같이 보자는 말을 못해 언제나 호스트 가족들 옆에서 경기를 본 일 등등. 지금 생각해보면 말 한 두 마디면 해결되었을 문제였는데, 그땐 뭐가 그렇게 힘들었던 건지 이해가 잘되지 않는다.

처음으로 행아웃을 했던 날

미국 교환학생의 꽃은 바로 '행아웃'이라고 생각한다. 만 16세 이상이면 합법적으로 운전할 수 있는 미국에서, 그런 친구들이 운전하는 차를 타고 함께 쇼핑하거나 영화를 보러 가는 것 말이다. 어느 날, 학교에 가지 않는 날이 생겼고, 나는 가장 친한 친구인 제니퍼(Jennifer)에게 용기를 내서 "우리 행아웃 좀 하자"고 부탁을 했다.

그렇게 미국 생활을 한 지 석 달이 다 되어서야 나는 처음으로 행아웃을 하게 되었다. 그 행아웃은 내가 미국에 있는 동안 해본, 손에 꼽히는 행아웃 중 하나가 되었다. 약속한 날, 제니퍼가 우리 집 앞으로 찾아와 나를 픽업했고, 옆 동네까지 가서 제니퍼가 사고 싶어 했던 신발을 샀다. 매점을 둘러보던 중 나는 마음에 쏙 드는 미국 국기 디자인의 귀걸이를 발견했고, 결제 후 바로 귀에 꼈다.

다시 동네로 돌아가던 길에 제니퍼가 갑자기 계획을 변경해 당시 나와 썸을 타고 있던 악셀을 픽업해 함께 저녁을 먹으러 가자고 제안했다. 나는

70% OFF Orig
$3.60
$12.00

당연히 찬성이었다. 악셀에게 연락해 그를 픽업하고, 셋이서 제니퍼가 알바를 하는 멕시칸 레스토랑에 가서 저녁 식사를 했다. 루이지애나에서 지내며 느낀 것 중 하나는 멕시코 음식이 의외로 내 입에 잘 맞는다는 것이었다.

멕시칸 레스토랑은 얇게 튀긴 나초칩과 칠리소스를 무한으로 서빙하고 리필해주는데, 나초를 먹느라 진작 내가 시킨 메뉴가 나오기 전에 이미 배가 불러버린 적도 허다했다. 어쨌거나, 그날이 내가 처음으로 행아웃을 해본 날이었다. 사실 행아웃이라고 해서 내가 생각했던 것만큼 특별한 느낌은 없었던 것 같다. 그저 내가 좋아하고 나를 진심으로 아껴주는 친구들과 함께 시간을 보낸 데 의미가 있었다.

GOOD

Part 7

작별 인사

D BYE

곧 비행기는 애틀랜타를 떠나 한국으로 향했고, 그렇게 한여름밤의 꿈 같던 나의 교환학생 생활은 서서히 막을 내리기 시작했다.

모든 친구의 이름이 태극기에

●●●● 어느덧 학교 마지막 날이 다가왔다. 시니어들은 이미 2주 전부터 학교에 나오지 않던 상태였기에(미국은 시니어들이 졸업을 방학식 전에 한다) 시니어들과 수업을 듣던 나는 거의 할 일이 없었다. 절친 카일러와 호댄의 사무실에서 종일 크롬북으로 유튜브 영상을 보는 게 학교에서 내가 하는 전부였다. 내가 좋아하는 가수의 인터뷰를 찾아보거나, 마블 영화 해석 영상을 보는 등 마지막 몇 주는 미디어에 푹 빠져 지냈던 것 같다.

아무튼, 전날 카일러네 집에서 슬립오버를 하고 드디어 2019년 5월 22일이었다. 마지막 등교를 했다. 분위기가 워낙 널널한 학교였기에, 겨울 방학식을 하는 날에는 등교를 아예 하지 않은 애들도 있었다. 하지만 그걸 방지하기 위한 학교의 꼼수였는지, 몇몇 과목의 마지막 파이널 테스트를 수업 마지막 날에 넣어놨다. 그래서 늦게 등교해 테스트가 있는 수업만 들어가거나, 애들과 테스트를 끝내자마자 하교하는 애들이 정말 많았다.

"○○○○ has to check out, please"라는 방송이 나옴과 동시에 짐을

챙겨 교실을 떠나는 친구들을 보며 이건 공평하지 않다는 생각을 했다. 곧 이곳을 떠나 내 나라로 돌아가는 건 나인데, 먼저 학교와 작별인사를 하는 건 그들이었기 때문이다.

친구들은 나를 슬픈 눈빛으로 바라보며 "I'm really gonna miss you, Yumin(정말 보고 싶을 거야)", "Bye Yumin!(안녕 유민!)", "It was nice getting to know you(알게 되어서 정말 좋았어)", "Don't forget about me!(나 잊지 마!)", "Keep in touch with me!(연락 계속하자)!"라고 했고, 나는 마지막으로 내 품에 꼭 안은 그들을 놓아주고 싶지 않았다.

하지만 결국 마지막 수업엔 학교가 거의 텅텅 비어 있었고, 그 공허함은 말로 이루 형용할 수 없었다. 8교시를 마치고 나는 내 미국 고등학교와 작별인사를 했다. 처음부터 '내가 꿈꿔왔던 미국 고등학교'가 아니라 다소 실망했고 마지막까지 아쉬운 감은 있었지만, 그래도 나름 특별한 기억을 만들어 준 것 같아서 고마웠다. 예를 들자면 내가 전교의 모든 고등학생과 대부분 중학생의 이름을 알고 있었다는 점, 극소수를 제외한 모든 고등학생과 인사를 나눠 봤다는 점 말이다.

"유민, 네가 많이 보고 싶을 것 같아"

마지막 날 하루 전에 내가 호스트에게 선물했던 태극기가 집 어딘가에 있다는 걸 기억해내고, 나는 호맘에게 부탁해 태극기를 찾아서 학교에 가져갔다. 최대한 많은 미국 친구들에게 사인을 받기로 계획한 것이다. 종일 태극기와 sharpie(미국의 네임펜)를 들고 다니며 만나는 사람마다 사인을 해달라고 부탁했고, 다들 선뜻 동조해줬다.

그러다가 아예 한 교실에 들어가서 한 학년 전체에게 부탁하기도 했다. 중학생들과 각 과목 선생님들은 물론 교감 선생님과 교장 선생님, 학교 카운슬러 선생님, 청소 아주머니들께도 부탁했다. 대부분 자신의 이름뿐만

아니라, 짧은 쪽지도 같이 써주었다(I love you나 I'm gonna miss you Yumin!이란 문장이 절반 이상이긴 했지만).

그중 내가 많이 좋아하는 매디(Maddy)라는 친구가 한 말이 나를 기쁨과 동시에 슬픔에 빠지게 했다. 평소에 서로 툭툭 치는 장난을 자주 하던 매디는 태극기에 "너 하나도 안 보고 싶을 거야"라는 말을 쓰려고 했단다.

하지만 곧 "아니, 사실 유민 네가 많이 보고 싶을 것 같아"라며 나를 꼭 안아주는데, 가슴이 뭉클했다. 하나하나 세어보지는 않았지만, 백 개는 족히 넘는 이름에 나는 너무 뿌듯한 마음이 들었다. 미국에서 열 달 동안 지내며 스쳐 가듯 대화해본 친구들부터, 그동안 많이 친해진 모든 친구의 이름이 태극기에 새겨져 있다는 사실에 너무 기뻤다.

가족들과의 마지막 여행

●●●● 여름방학이 시작되고 얼마 되지 않아 우리 가족은 5월 29일부터 6월 1일까지, 3박 4일 동안 '뉴올리언스'로 여행을 다녀왔다(사람들이 흔히 뉴올리언스를 루이지애나주의 수도로 착각하는데, 사실 '바턴 루지'가 루이지애나주의 수도이다). 캐리어를 싸고 28일 늦은 밤에 출발해 자정이 다 되어서야 힐튼(Hilton) 호텔에 도착했다.

방 배정은 부모님이 같은 방, 나와 조시 그리고 쌍둥이가 함께 방을 썼는데, 가족끼리 호텔에 머물 때 남남여여로 방을 나누지 않은 건 처음이라 새로웠다. 다음 날 아침 8시에 일어나 여유롭게 화장을 하고 옷을 갈아입었다. 카페에서 아침 식사를 하기 위해 길거리를 한참 걸었다. 마치 정말 다른 곳에 온 것 같았다. 나는 유럽 분위기가 물씬 나는 건물들이 많아서 추억에 잠겼다.

어떤 카페에 가서 아침을 먹었는데, 메뉴가 베이그닛(Beignet, 영어 발음은 베이그닛, 프랑스 발음은 비녜)밖에 없었다. 맛은 약간 꽈배기 같은데 설탕 파우더가 팍팍 뿌려져 있어서 달달하니, 맛있었다. 재즈의 도시, 뉴

올리언스답게 카페 앞에서 뮤지션들이 재즈를 연주해서 낭만적인 분위기도 났다.

아침 식사 후, 첫 도착지는 잭슨 스퀘어(Jackson Square)! 뉴올리언스의 영웅이자 미국 7대 대통령이었던 앤드류잭슨(Andrew Jackson)의 동상이 있었다(우리나라로 치면 이순신 장군급). 사진을 찍은 후, 다음 도착지인 700 Royal Street로 향했다(여행을 오기 전 우연히 내가 정말 좋아하는 영화 시리즈인

〈Now You See Me〉 1편의 몇몇 장면이 뉴올리언스에서 촬영되었다는 사실을 알게 되어, 며칠 동안 구글을 뒤지고 뒤져 상세한 주소를 알아냈다).

그 거리에서 영화 속의 건물과 비슷하게 생긴 곳을 발견한 후 신이 나서 사진을 엄청나게 찍던 중, 그곳은 내가 찾던 건물이 아니었다는 사실을 깨달았다. 바로 한 블록 뒤에 있던 건물이 영화 속의 바로 그 건물이었다. 나는 감격하며 풍경을 열심히 눈에 담았다.

사실 뉴올리언스는 '참회의 화요일(Shrove Tuesday)', 또는 '기름진 화요일(Fat Tuesday)'을 기념하는 축제인 마디그라(Mardi Gras)의 기원이 되는 도시다. 더 설명해 보자면, '마디그라(Mardi Gras)'라는 축제의 카니발은 사순절이 시작되는 '재의 수요일(Ash Wednesday)' 이전의 2, 3주 동안 열린다. 사순절 동안 단식하고 금식하며 고생하게 되므로, 그것에 대비하여 기름지고 맛있는 음식을 하룻동안 실컷 먹어 둔다는 것이었다.

그러나 지금은 특정한 기간의 축제로 변질되었고, 관광상품으로 개발되어 많은 관광객을 끌어모으고 있다. 축제 동안 많은 시민과 관광객들이 온갖 괴상하고 요란한 옷차림으로 술을 마시면서 퍼레이드한다. 길거리의 군중에게 가톨릭의 전통 색깔인 보라, 노랑, 초록의 알록달록한 구슬 목걸이를 던져준다. 그래서 그런지 뉴올리언스를 여행하는 동안 곳곳에 보라, 노랑, 초록색의 상품들

이 넘쳐났다. 내가 10개월 동안 지낸 루이지애나주의 도시에서 이렇게 큰 축제가 기원이 되었다는 사실이 뭔가 신기했다.

식사 후, 여자들은 무언가를 더 하자며

곧 우리는 여행가이드가 곳곳을 설명하며 관광을 시켜주는 Hop-On-Hop-Off라는 2층 버스를 타고 출발했다. 이 버스가 멈추는 정류장은 굉장히 많았다. 하루 티켓이 있으면 중간에 내려서 관광지를 좀 둘러보고 나중

에 오는 다른 버스를 탈 수 있는 방식이었다. 루이지애나 대표 음식인 검보(Gumbo)의 기원도, 재즈의 기원(세계적인 재즈뮤지션, 또 색소폰 연주자였던 루이 암스트롱의 출생지라 하더라!)도 뉴올리언스라는 사실에 나는 다시 한번 놀랄 수밖에 없었다.

어쨌거나, 중간에 우리 가족은 버스에서 내려 세인트 루이스 공동묘지(St. Louis Cemetery)라는 곳을 관광했다. 투어리스트를 고용해 설명을 들었는데, 아무래도 나는 내용을 알아듣는 데 한계가 있었다. 기억에 남는 내용은 유명한 할리우드 남배우가 자신이 죽으면 이곳에 묻히고 싶다면서 미리 구매해둔 무덤에 대한 이야기였다. **그의 무덤에 세계 곳곳의 팬들과 여배우들이 와서 너무 많이 뽀뽀를 해대는 바람에 매달 립스틱 자국을 지우는 작업을 해야 한다는 말에 모두 웃음을 터뜨렸다.**

곧 다시 버스에 올라 루이지애나주에서 가장 높은 빌딩 등을 구경하고 호텔로 돌아와, 호텔 안에 있는 레스토랑에서 이른 저녁 식사를 했다. 식사 후 그동안 가족들에게 해준 게 너무 없는 것 같다는 생각이 들어 식사는 내가 결제하겠다고 했다. 그랬더니 다들 눈이 똥그래지면서 그러지 말라고, 너를 여행 데려온 건데 네가 왜 내냐고 말리셨다. 내가 그냥 이번엔 대접하고 싶다고 했더니 "Are you sure…?" 하시면서 비싼데 괜찮겠냐고 머뭇거리길래 계산서를 보지 않고 카드를 딱 냈다. 나중에 보니 한화로 약 21만

원이 나왔더라. 다들 내가 살 걸 알았더라면 비싼 음식을 안 시켰을 거라며 매우 미안해하고 고마워하셨다.

식사 후 남자들은 호텔에 남고, 여자들은 무언가를 더 하자며 트롤리버스(Trolly)라는 교통편에 올랐다. 나름 버스라고 할 수 있는 것이었는데, 노선도 딱 네 개만 있었다.

와우! 진짜 5초에 한 번씩 멈추는 바람에 슬슬 인내심이 한계에 다다르기 시작했다. 그렇게 10여 분을 앉았다가 결국 내려서 다른 노선으로 갈아탔다. 다행히도 두 번째 것은 사람도 거의 없었고, 비교적 자주 멈추진 않아서 내가 여행 중이라는 기분을 만끽하며 주변을 구경했다.

재밌었던 점은 거리의 모든 나무와 전깃줄에 엄청난 양의 비즈 목걸이가 걸려 있었다는 건데, 아마 마디그라 축제 중 사람들이 던져서 걸린 것 같았다.

우린 목적지 없이 트롤리버스를 타고 한참을 달리다가, 내려서 레스토랑에 잠시 들러 목을 축였다. 호텔까지 제대로 된 경로로 돌아갈 자신이 없어 결국 조시가 앱으로 우버를 불러서 호텔까지 타고 갔다(택시는 업무용 차량으로 택시 기사들이 서비스를 하는 거라면, 우버는 기사들이 자신의 차로 직접 서비스를 한다).

기사분이 풋볼 팬이셨는지, 차 안 시트에 풋볼 유니폼이 입혀져 있었다. 호텔로 돌아온 후 쌍둥이를 데리고 호텔 근처 쇼핑몰에 쇼핑하러 갔다. 말로만 듣던 'FOREVER21'이라는 매점에 처음 들어가 봤는데 내 취향인 옷들이 많았다! 심지어 가격도 부담 없어서 오랜만에 옷을 몇 벌 샀다. 마지막으로 아이스크림을 사 먹으며 뉴올리언스에서의 첫날을 마무리했다. 그런데 이날은 호스트 부모님이 몇 시에 일어나야 하는지 알려주지 않았기에 다들 알람을 맞추지 않은 채 잠들었다.

같은 주에서도 다른 문화가 존재하는데

다음날인 30일 목요일! 아침 9시가 다 되어서 조시가 전화를 받더니 "홀리 마카로니! 얄 웨익익 업!(HOLY MACARONI! Y'ALL WAKE UP!)" 하며 난리를 치길래, 벌떡 일어나서 짐을 주섬주섬 싸고 옷을 갈아입었다. 패들윌러 크레올 퀸(Paddlewheeler Creole Queen)이라는 배를 타고 두 번째

날의 루이지애나주 관광을 시작했다.

여행가이드분이 어떤 곳을 지날 때마다 그곳과 관련된 설명을 열정적으로 해주셨는데, 직업을 즐기는 게 보여서 보기 좋았다. 그러다가 중간에 커다란 나무가 많은 들판에서 설명을 들었다. 그곳에서 앤드류 잭슨 장군이 뉴올리언스 전쟁 당시 장소를 잘 활용한 전략으로 영국군을 크게 물리쳤다고 한다. 전쟁 당시 활용했다는 탑에 올라가던 중에 다시 배로 돌아간다는 말을 듣고 황급히 계단을 내려왔다.

배에 도착해선 실내 뷔페에서 점심 식사를 했다. 검보를 맛봤는데 역시 지역이 달라서 그런지 맛과 점도가 전혀 달랐다. 같은 주에서도 다른 문화가 존재하는데, 미국 전체를 두고 봤을 땐 얼마나 더 다양한 문화가 존재할지 가늠이 되지 않았다. 우리가 탄 배 이름이 'Paddle-wheeler~'인 이유는 바로 배의 원동력이 페달이기 때문이었다. 식사 후 밖에 나가보니 배 뒤에 정말 엄청난 크기의 물레방아처럼 생긴 페달이 돌아가고 있었다. 감탄사를 연신 내뱉을 수밖에 없었다.

배에서 내려 도착한 뉴올리언스에서의 마지막 목적지는 바로 오두본 수족관(Audubon aquarium)이었다. 여러 해양생물을 구경한 뒤, 우리는 뉴올리언스를 떠나 남은 2박을 보낼 알라바마(Alabama)주로 향했다.

알라바마의 페어호프(Fairhope)라는 동네에서 호스트 부모님의 지인 분 집에 머물며 동네 구경과 쇼핑을 하다가 다시 집으로 돌아왔다. 돌아오는 차 안에서 이게 가족들과의 마지막 여행이고, 몇 주 뒤 미국을 떠날 거라는 생각에 머릿속이 싱숭생숭했다. 하지만 그만큼 가족들과 잊지 못할 추억을 만든 것 같아서 너무 좋았다. 나를 위해 많은 시간과 돈, 정성을 쏟아부은 호스트 부모님, 그리고 조금이라도 나에게 말을 더 붙이려고 뭘 먹을 때마다 "네 음식은 어때? 맛있어?"라고 물어봐 준 조시에게 정말 고마울 따름이었다.

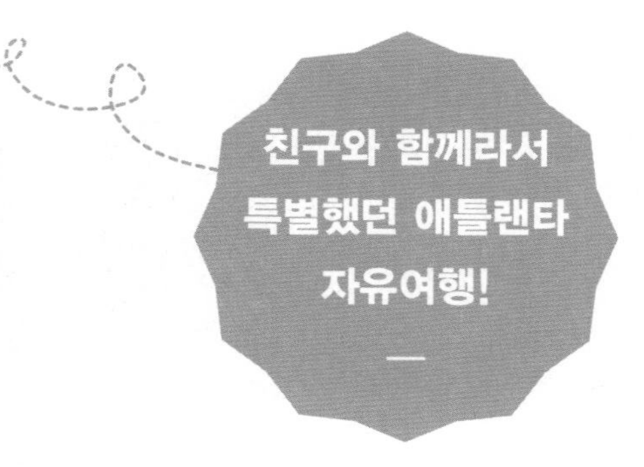

유학원 애임하이교육의 네이버 밴드를 통해 나에게 채팅을 보내서 이것저것 물어보던 친구가 있었다. 나의 블로그 글을 항상 재밌게 챙겨봤다면서, 도움이 많이 되었다고 말하며 나에게 힘을 주었다. 얼마 지나지 않아 우리는 스냅챗 아이디와 전화번호를 공유해 사소한 이야기를 주고받게 되었고, 둘 다 교환학생 생활을 하고 있었기에 대화가 끊이질 않았다. 바로 펜실베이니아주에 배정을 받은 겨울학기 교환학생, 김민지라는 친구였다.

우리는 단지 '교환학생 친구'가 아니었다. 사소한 고민거리나 외국 배우와 가수, 넷플릭스 드라마 등에 대한 여러 가지 이야기를 나누었고, 정말 가깝고 편한 사이로 발전했다. 출국이 일주일도 남지 않았던 어느 날, 민지의 카톡 프로필에 설정된 디데이를 보게 되었고, 나는 소리를 질렀다. '애틀랜타로 가자!'라는 문구와 함께 그 날짜가 6월 8일로 설정되어 있었다.

이야기를 들어보니 민지는 여름방학 동안 조지아주의 '애틀랜타'라는 도시에 있는 지인의 집에서 지낼 것이라고 했다. 한편, 나도 루이지애나를 떠나 한국으로 돌아가기 전에 애틀랜타에서 3일 동안 머물 계획이 있었다. 한국 아빠의 회사 동료이자, 내 첫 미국인 친구인 켄(Ken) 아저씨의 보호 아래 2박 3일 동안 애틀랜타를 관광할 계획이었다. CIEE에 자유여행 서류 제출도 다 마친 상태였다. 내가 애틀랜타에 도착하는 날짜는 바로 6월 7일, 민지가 도착하기 하루 전이었다.

나는 엄청난 비속어를 내뱉으며 그 사실을 민지에게 말했고, 민지의 반응도 나와 별반 다를 게 없었다. 대화 중 "우리 만나자!"라는 말을 진심 반, 희망 반으로 툭 내뱉었다. 그리고 우리는 곧 실행에 옮겼다. 나는 우선 이 사실을 아빠에게 알렸고, 아빠는 켄 아저씨와 이야기를 나눴다. 민지는 민지대로 자신의 부모님과 당시의 호스트, 그리고 함께 지낼 애틀랜타 가족들에게 전부 허락을 받았다. 남은 일은 일정 조정을 하는 것뿐이었다.

호스트 가족과 눈물겨운 작별인사를 나누고, 나는 조지아주 시간으로 오후 9시쯤 애틀랜타 국제공항에 도착했다(알고 보니 세계에서 가장 규모가 큰 국제공항이라고 한다). 곧 나는 마중을 나온 켄 아저씨를 만나 반갑게 인사를 나눴다. 곧 우린 켄 아저씨의 딸, 제시카의 차를 타고 첫날밤을 지낼 제시카와 그의 언니의 아파트로 향했다. 제시카는 화장실까지 딸린 자신의 방을 나에게 내어주었고, 샤워를 마친 후 싱숭생숭한 마음에 나는 한참 잠을 뒤척이다가 새벽 3시쯤에야 잠이 들었

다. 일 년 가까운 시간동안 함께했던 가족들을 내가 막 떠났다는 게 실감이 잘 나지 않았다.

'이왕 이렇게 된거, 다 즐기고가자!'

다음날은 집 주변의 버거집에서 아점을 먹고 호텔에 체크인하러 갔다. 호텔 로비를 본 나는 입이 쩍 벌어졌다. 내가 본 호텔 중 가장 근사했기 때문이다. 방도 거실과 침실이 따로 있었고, 침실에 세 면대가 있었다.

민지가 도착하기 전까지 쇼핑하기 위해 근처 쇼핑몰에 갔다. 6월은 'LGBT Pride Month', 성 소수자 프라이드의 달이라 어딜 가든 티셔츠, 양말 등은 물론 드레스와 화장품까지 무지개 디자인의 상품들이 가득 넘쳐났다. 사방이 알록달록해서 기분이 좋았다. 두 시간 정도 쇼핑을 하고 헤 어밴드, 팔찌 등의 액세서리를 잔뜩 사서 호텔에 돌아왔다. 수차례 연착되었던 민지의 비행기가 드디어 도착했다는 소식을 듣고 나와 제시카는 우버를 타고 약속 장소로 향했다.

멕시칸 레스토랑에 도착해 켄 아저씨의 아들 클레이튼(Clayton)과 여자친구 개비(Gabby)를 처음으로 만나 인사를 나눴다. 그들과 대화를 나누며 기대와 설렘에 가득 찬 20분이라는 길고도 긴 시간을 기다렸다. 그러다 Gabby가 뒤를 돌아보라는 몸짓을 했고, 나의 눈에 들어온 건 활짝 웃고 있는 김민지였다. 나는 벌떡 일어나 민지를 꼭 끌어안았고, 우리는 그렇게 진한 포옹을 나눴다. 반 년 동안 미디어로만 대화를 나누던 그를 직접 만났다는 게 꿈만 같았다.

곧 우리는 원 모양의 테이블에 다 같이 앉아 식사를 시작했다(여담이지만, 켄 아저씨의 아내 뎁(Deb) 아줌마는 플로리다주에서 애틀랜타로 향하는 중이었는데, 날씨 탓에 착륙하지 못해 공중에서 한 시간 가량 계속 빙빙 돌았다고 한다. 어찌어찌 해서 조지아주의 다른 도시에서 경유를 했는데, 착륙 후에도 12시간 동안 탑승객들을 내보내 주지 않았다. 그래서 원래 예정보다 반나절이 지나서야 애틀랜타에 도착했고, 그 시간은 민지가 도착한 시간과 겹쳤다. 그래서 민지와 Deb이 공항에서 먼저 만나 우버를 타고 함께 식당으로 온 것이다. 그 둘의 처지에서 보자면 난생처음 보는 외국인과 같이 우버를 타고 온 것이니 당혹스러웠을 것이다. 하지만 쿨한 성격의 Deb은 오히려 나에게 "내가 유민이 너보다 민지를 더 먼저 만났어!"라며 즐거워하셨다).

나랑 김민지는 한국어로 "야야, 우리 웨이터 잘생기지 않았냐?", "헐~! 야, 저기 옆 테이블에 남자 잘생겼다!" 하며 열심히 남자 얘기를 했다. 외국에서 한국어를 쓰는 게 이렇게 장점으로 작용할 줄은 꿈에도 몰랐다. 식사를 마치고 철판 아이스크림 가게를 들른 후, 우리는 켄 아저씨의 가족과 작별인사를 나눴다. 그리고 나와 민지, 제시카는 호텔로 향했다. 그냥 잠들어 버리기는 아쉬워 호텔을 돌아다니던 중, 우리는 야외 수영장이 열려있는 것을 발견했다. 분명 밤 10시까지 오픈 시간이라고 되어 있었는데, 12시가 다 된 시간까지도 열려 있는 수영장을 보며 우리는 심각한 내적 갈등에 빠졌다.

하지만 곧 우리는 '이왕 이렇게 된 거 다 즐기고 가자!'라는 마음을 모아, 방으로 후다닥 달려가서 수영복으로 갈아입고 다시 돌아왔다. 우린 아무도 없는 풀에 풍덩 뛰어들었다. 열심히 수영도 하고, 사진도 찍고, 이런저런 비밀 얘기를 하다 보니 새벽 1시가 훌쩍 넘어가 버렸다. 제시카는 우리가 호텔 밖에만 나가지 않으면 괜찮다고 했기에, 별다른 걱정 없이 다시 호텔 방으로 돌아왔다. 샤워하고도 침대에 누워, 민지와 나는 밤새 수다를 떨다가 잠이 들었다.

한여름밤 꿈 같던 교환학생 생활이 막을 내리며

다음 날 아침 9시에 제시카가 우리를 깨웠고, 씻고 조식을 먹으러 갈 준비를 했다. 그런데 제시카가 미국에는 아침에 일어나자마자 아무런 준비도 하지 않고 호텔 조식을 먹으러 가는 문화가 있다고 했다. 그 말을 들은 우리는 세수도 하지 않은 잠옷 차림으로 1층에 내려갔다. 여유로운 아침 식사 후, 체크아웃하고 우린 첫 목적지로 향했다. 바로 '코카콜라 박물관'이었다.

켄 아저씨와 제시카를 만날 약속 시간을 정한 후, 나와 민지만 티켓을 사서 입장했다. 여러 관에 들어가 둘러봤고, 코카콜라의 역사 등을 알게 되었다. 가장 기억에 남은 건 마지막에 들렀던, 전 세계의 탄산음료를 다 마셔볼 수 있는 관이었다. 아시아, 유럽, 북아메리카와 라틴 아메리카, 아프리카의 탄산음료를 한두 모금씩 마셔봤는데 정말 특이한 탄산음료가 많았다. 그중 러시아의 오이 맛 스프라이트가 가장 충격적이었는데, 맛은 생각보다 괜찮았다. 기념품 가게에 들러서 작은 기념품을 산 후, 다음 목적지인 CNN 스튜디오로 향했다. 걸어가는 동안 거리에 지나다니는 차가 없어서 의아해했다. 그러던 중, 제시카가 그 의문을 해결해주었다. 그날은 바로 '도로에 차가 다니지 않는 날'이었던 것이다.

도로를 차단하여 차가 다니지 못해, 대신 자전거를 타는 사람들이 정말 많았다. 덕분에 우리는 매번 차 때문에 멈춰 설 필요가 없어서 편했다. CNN 투어 티켓을 사지는 않고, 대충 내부를 둘러보고 사진을 찍었다. 기념품 가게에서 정말 마음에 드는 후드티를 발견했는데, 여름인 데다가 가격도 조금 비싸서 고민이 되었다.

그러다가 내가 중1때 영국에서 산 후드티를 아직도 가지고 있다는 사실을 떠올렸다. 그 후드티에 담겨 있는 영국에서의 추억들이 잠시 스쳐 지나

갔고, 나는 어쩌면 이 후드티도 그와 같이 애틀랜타의 추억이 담긴 물건이 될 거라는 생각이 들었다. 그래서 결국 그 후드티를 샀고, 민지도 같은 걸 샀다. 그리고 한국에 돌아오면 우린 겨울에 같이 이 후드티를 입고 놀러 가기로 약속했다.

마지막 관광지는 세계 최대 규모의 아쿠아리움인 조지아 아쿠아리움(Georgia Aquarium)이었다. 과연 세계에서 가장 큰 아쿠아리움은 얼마나 클까 하는 호기심과 설렘을 안고 입장했다. 켄 아저씨가 우리 입장권을 구매해주셔서 감사하고 죄송한 마음이 들었다. 그만큼 열심히 최대한 많은 걸 보고 가자는 열정을 가지고, 나와 민지는 아쿠아리움을 돌아다니기 시작했다.

킹크랩을 보자마자 우리 입에서 나온 말은 "와, 대게 맛있겠다!"였다. 커다란 수족관 앞에서 바다거북이 물고기들 사이로 내 눈앞을 스쳐 지나갔는데, 뭔가 신비로운 기분이 들었다. 펭귄, 수달, 해마, 해파리, 피라냐 등등 여러 바다 생물들의 사진을 담고, 마지막 코스인 돌고래쇼를 보러 갔다. 조련사와 돌고래들의 안전을 위해 어떠한 촬영도 금지되었기에, 아쉽게도 동영상을 찍진 못했다. 하지만 돌고래들이 높이 설치된 줄을 뛰어넘는 묘기, 조련사들의 행동을 따라 하는 묘기, 관중석에 물을 뿌리는 묘기 등 정말 입이 떡 벌어질 만큼 대단한 공연이었다.

사실 몇 년 전부터 애완동물로 돌고래를 키우고 싶다는 소망이 있었는데, 차라리 돌고래 조련사가 되는 건 어떨까, 하는 생각을 했다. 아무튼 인상 깊은 돌고래 쇼를 마지막으로 우린 아쿠아리움을 나섰다. 출입구에 여러 나라 언어로 잘 가라는 말이 써있었는데, 그중 한국어도 있어서 기분이 좋았다. 저녁 식사를 하러 가는 길에 공원을 배경으로 민지를 업은 채 사진을 찍었다. "우리 10년 후에 똑같은 장소에서 이렇게 똑같은 자세로 사진 찍자"라는 약속과 함께.

피자집에서 마지막 저녁 식사를 하고

우린 공항으로 향했다. 짐을 부치기 전, 옷을 갈아입지 않았다는 사실이 떠올라 급하게 여행 가방을 열어 손에 잡힌 노란 티셔츠와 잠옷 바지, 그리고 크록스로 갈아입은 후 짐을 부쳤다. 켄 아저씨와 포옹을 하고, 민지와도 긴 포옹과 함께 작별인사를 나눴다.

곧 금속탐지기를 통과한 나는 게이트를 찾아 한참을 걸었다. 짐을 내려놓은 후 화장실에 가서 화장을 지우고 양치를 하는 등 비행기 안에서 숙면할 준비를 마쳤다. 게이트를 통과하기 직전까지 한 시간가량 조시와 페이스타임을 하는데, 괜스리 눈물이 또 한번 났다. 곧 비행기는 애틀랜타를 떠나 한국으로 향했다. 이렇게 한여름밤의 꿈 같던 나의 미국 교환학생 생활은 서서히 막을 내리기 시작했다.

한국, 오랜만이야!

약 열 달 동안 교환학생으로서 미국 생활을 하고 돌아온 나. 첫 며칠은 밤낮이 완전히 뒤바뀌었다. 노트북으로 넷플릭스를 보다가 새벽 서너 시에 잠들기 일쑤였고, 해가 중천에 떴을 때야 잠에서 깨기를 반복했다. 집안 곳곳이 너무 생소하게 느껴졌다.

미국에 비해 좁디 좁은 우리집, 그리고 미국과 비교해 너무 낮은 침대, 탁자, 식탁 등의 가구들, 모든 게 다 너무 어색할 따름이었다. 미국에 있을 때는 그렇게 먹고 싶어 미칠 것 같았던 떡볶이, 삼겹살 등의 한국 음식도 막상 한국에 오니 이상하리만큼 전혀 생각이 없었다. 식욕이 전혀 돋지 않았다. 그냥 당장 두 달이라는 시간 동안 학교에 나가지 않고 어떻게 시간을 보낼지 막막했다.

사실 미국에 가기 전에 '미국에 다녀와서 해보고 싶은' 나름의 로망이 있었다. 친구들이 다 학교에 있을 시간에 나는 카페에 앉아 노트북을 펴고 글을 쓰는 것이었다. 하지만 미국에서 튼실하게 붙어온 8kg의 살을 빼기 위해 시작한 운동, 그리고 한국 생활에 적응하기 위해 다니기 시작한 학원 때

문에 결국 그 로망은 이루지 못했다.

어찌 되었든 공백 기간을 나름 알차게 보내고 마침내 2019년 8월 19일, 나는 전에 다니던 고등학교로 복학을 하게 되었다. 사실 1학년으로 유급을 할지, 그냥 바로 2학년으로 올라갈지 정말 많은 고민을 했다. 2학년으로 올라가면 친구들과 별 탈 없이 학교생활을 할 수 있지만, 무려 1년이라는 한국 교육과정을 건너뛰어버리는 셈이었다.

반대로 1학년으로 유급하면 교육과정은 바로 이어지기 때문에 수업내용과 내신에 대한 걱정은 덜 할 수 있지만, 대신 나보다 한 살 어린 동생들과 학교를 함께 다녀야 한다는 게 가장 큰 걸림돌이었다. **부모님과 나눈 충분한 대화와 고심 끝에 결국 나는 유급하기로 결정했다.**

우리는 어떤 실수를 바로잡고 싶어질까?

쉽지만은 않은 결정이었다. 친구들이 모두 성인이 되어 대학 생활 또는 사회생활을 할 때, 나는 수험생 인생을 살고 있을 것이기 때문이다. 그보다, 언니 또는 누나 소리 듣는 게 너무 어색하고 뭔가 자존심이 상할 것만 같았다. 하지만 막상 학교에 다녀 보니, 오히려 유급하길 잘했다는 생각이 들 정도로 학교생활이 즐겁고 행복했다. 같은 반에 원래 친했던 동생들이 2명이나 있었기에, 금방 적응하고 반 아이들과 잘 어울릴 수 있었다.

사실 미국 교환학생을 마치고 한국에 돌아온 지 한 달, 두 달이 지나갈수록 미국에서 있었던 일들이 점점 잊힌 것은 사실이다. 마치 오래전에 보았던 영화의 줄거리를 떠올리며 "주인공한테 이런 일이 있었지" 하고 그 영화 전체를 짧게 축약하는 느낌이다. 내가 미국에서 보냈던 하루하루를 "아, 그때 내가 그랬지", "그때 진짜 힘들었는데!" 등등의 말들로만 묘사할 수 있다는 게 뭔가 씁쓸하면서도 기분이 묘하다.

내가 좋아하는 소설에 이런 구절이 있다.

We have all asked ourselves at least once: if we were given the chance to go back, what would we change in our lives? (누구나 한 번쯤 스스로 물어본 적이 있을 것이다. 시간을 되돌릴 기회가 주어

진다면 인생에 있어 무엇을 바꿀 것인지를.)

What mistakes would we try to put right? What sorrow, remorse or regret would we choose to blot out?

(우리는 인생에서 어떠한 실수들을 고치려 할까? 어떤 슬픔을, 어떤 회한이나 후회를 지워버리길 원할까?)

_ 프랑스 작가 기욤 뮈소의 『Will You Be There?(당신, 거기 있어 줄래요?)』 중에서

만약 이 책에서처럼, 혹은 수많은 소설이나 영화에서처럼 시간여행이 가능하다면 정말 난 시간을 되돌려서 교환학생 생활 초반으로 돌아갈 의향이 있을까? 돌아보면 왜 그때 좀 더 용기를 내지 못했는지, 왜 좀 더 노력하지 않았는지 과거의 나 자신이 미워지기도 한다. 내가 지금 다시 그때로 돌아가면 그때보다는 더 잘할 수 있을 것 같다는 생각을 수없이 해보았다.

하지만 역시 나의 대답은 "아니다"일 것이다. 이미 지난날들에 연연하며 후회하기보다는, 앞으로 내 앞에 펼쳐질 미래에 집중하는 편이 나을 것 같다는 생각이 든다. 지나간 것은 지나간 대로 의미가 있고, 미국에서의 모든 경험이 교훈이 되어 앞으로 내가 살아가는 삶의 여정에 도움이 될 거라는 사실을 믿기 때문이다.

"Part of the journey is the end."

여정의 일부가 끝났을 뿐이야(혹은 "모든 여정에는 끝이 있기 마련이지"라

고 번역되기도 한다). 내가 좋아하는 마블의 영화 〈어벤져스-엔드게임〉에 나오는 명대사이자, 나의 호스트 여동생 조시가 태극기에 써주었던 말이다. 교환학생 프로그램을 마침으로써 '인생'이라는 긴 여정의 '일부분'이 끝났다는 의미, 혹은 '교환학생 생활'이라는 길다면 길고 짧다면 짧았던 '여정'을 마침내 마쳤다는 의미를 담은 이 구절은 영원히 기억될 것이다.

열일곱 살, 미국에서 일 년여를 살았던 내가 '고작 이게 힘들겠어?'

교환학생 생활을 통해 내가 얻은 것은 '경험'을 통한 '성장'이다. 생판 몰랐던 남의 집에서 먹고 자며 가족의 일원이 된 것, 모국어가 아닌 언어로 대화하고 지낸 것, 처음 가는 학교에서 사람들에게 말을 걸어 친구가 된 것, 크고 작은 문제들을 한국 부모님께 알리지 않고 혼자 힘으로 해결한 것 등등…….

쉽지 않았던 일이다. 한국과는 전혀 다른 문화와 생활 방식에 나 자신을 맞춰가는 모습이 대단하다고 느꼈다. 좋았던 일도, 힘들었던 일도 많았지만 '교환학생'이라는 이름으로 타국 생활을 하며 정말 많이 성장했다.

어렸을 때부터 외국 영화를 많이 봐온 나. 중학교 3학년 때 느닷없이 결정해버린 미국 교환학생 생활. 단순히 '미국이 가고 싶어서', '미국 문화를 경험하고 싶어서'라는 이유에서였다. 사실 앞으로도 가보고 싶은 나라, 해보고 싶은 것은 수도 없이 많다. **대학교에 들어가서 또 한번 미국으로 교환학생을 갈 생각이고 또, 캐나다로 갈지 호주로 갈지 아직 고민 중이지만 워킹 홀리데이도 꼭 가볼 계획이다.**

교환학생이나 유학 생활보다 워킹 홀리데이가 더 힘들다고는 하지만, 나는 주위에 손을 벌릴 사람 하나 없이 혼자 힘으로 다른 나라에서 일하고 돈을 벌면서 생활해보고 싶다. 직업을 갖고 돈을 충분히 번 다음, 친한 친구와 유럽 여행을 가는 것도 또 다른 나의 목표이다. 새로운 곳에서 새로운 사람들을 만나며 새로운 것들을 보고 배우는 것, 내 인생의 궁극적인 목표이다.

그때도 모든 게 순탄하리라는 법은 없을 것이다. 다른 나라에서 생활하고, 낯선 곳을 여행하면서 여러 가지 문제가 생길 수 있다. 그때마다 나는 교환학생 생활을 떠올리겠지. '열일곱에 미국으로 날아가 일 년여를 살았던 내가 고작 이게 힘들겠어?' 하고 나 자신에게 용기를 돋워 줄 것이다.

달콤한꿈

Dreaming in the USA

무언가를 원하는 게 있다면

나에게 교환학생이란 '비하인드스토리'이다.

다들 아시다시피 나는 미국 루이지애나주, 그중에서도 캘빈(Calvin)이라는 시골 동네에 배정이 되었다. 학교뿐만 아니라 지역 자체도 너무 작았기에 내가 꿈꿔왔던 미국 고등학교 생활, 스포츠와 클럽활동, 친구들과의 행아웃, 동네 산책 등 여러 가지 활동들이 불가능했다. 그래도 주어진 환경 속에서 나름대로 적응을 하며 꽤 잘 지내게 되었다.

내가 블로그와 밴드, 인스타그램 등에 올리는 글을 본 사람들이 "유민이 잘살고 있구나!", "유민이 진짜 부럽다. 나도 미국 가고 싶어!"라는 등의 말을 하지만, 모든 이야기에는 뒷이야기, 그러니깐 '비하인드스토리'가 있듯이, 내 미국 생활 이야기에도 나름의 비하인드스토리가 있다.

사진에 보이는 내 웃음 뒤에 얼마나 많은 눈물이 있었는지, 얼마나 많은 나의 노력이 있었는지, 아픔이 있었는지 아무도 모른다. 이것들은 아무에게도 보이지 않는, 말 그대로 '비하인드스토리'이니깐. 내가 얼마나 힘들었고 마음 고생을 많이 했는지 알아달라는 게 아니다. 세상 모든 사람이 다 그렇듯, 우리 교환학생들도 때로는 모든 게 다 괜찮은 척, 행복한 모습만 보여주고 싶어 다른 사람들은 모르게 우리만의 이야기를 마음속에 조용히 간직해 놓는다는 걸 말해주고 싶었던 것뿐이다.

물론 정말 만족스럽고 행복한 교환학생 생활을 하는 친구들도 분명 존재하겠지. 하지만 내가 아는 한 인생은 그리 쉽지 않고, 타지에서 모국어가 아닌 남의 나라 언어로 현지인들과 소통해야 하는 우리에겐 특히 더 쉽지 않다. 미국에 가면 모든 게 술술 풀릴 거라는 착각과 기대를 하는 친구들이라면 교환학생 생활은 생각만큼 쉽지 않고 뜻대로 되지 않으니, 마음의 준비를 단단히 하라는 충고를 해주고 싶다. 무언가를 통해서 원하는 게 있다는 건 그걸 스스로 쟁취해야 한다는 의미니깐.

사랑하는 밝음이에게

런던의 길을 걷다 보면 좋아하는 그 배우를 길에서 만날지도 모른다며 방학 한 달 동안 런던에 가고 싶다고 했을 때, "그래, 알았어."

그 배우가 런던이 아니고 주로 뉴욕에서 활동하니까 뉴욕에서 한 달 지내고 싶다 했을 때도, "그래, 알았어."

미국 국무부 교환학생 프로그램이라는 게 있는데 미국에서 일 년간 학교 다니고 싶다 했을 때도, 역시나 건성으로 대답했지.

"그래, 알았어."

그런데 초청장을 받고, 학교와 같이 살 가족도 배정되고, 최종 미국 비자도 나왔을 때 아빠는 당황스러웠지.

'진짜, 가는구나!'

그동안 우리 네 식구, 단 한 번도 떨어져 산 적이 없었는데.

점점 시간은 다가와 할아버지, 할머니께 인사드리러 갔을 때 떠나는 손녀에게 쓰신 할아버지 편지를 읽고 깜짝 놀랐지. 할아버지의 마음이 아빠의 마음과 이리도 똑같구나……. 그래, 할아버지의 말씀대로 그렇게 잘 지내다 와야 해.

할아버지 당부말씀

(미국 유학 생활)

o. 집주인의 성격을 빨리 파악하고 눈에 벗어나는 행동을 삼가하라.

o. 집주인의 아들딸과 같은 취미를 갖도록 하고 절대 다투는 일이 없도록 양보하라.

o. 집주인에게는 아침 저녁은 물론 보는데로 인사하라.

o. 집안청소는 솔선수범하고 어지럽히지 말라

o. 음식은 깨끗이 먹고 먼저먹고 늦게먹는 식습관을 갖지 말라.

o. 옷은 단정하게 입고 몸은 청결하게 하라.

o. 지나친 친절을 배푸는 사람 경계하라
(특히 한국사람과 아시아계)

o. 모르는 사람이 주는 음식 함부로 받아먹지 말라

o. 혼자서 외출하는 것은 절대 삼가하라.

o. 1년유학 생활 100배 효과를 얻고 건강한 몸으로 돌아오라.

o. 부모님께 감사한 마음 항상 잊지말라

2018. 7. 18

할아버지가 손녀 유민에게

공항에서 널 보내며 눈시울이 붉어지고 목이 메이는 데 넌 그저 싱글벙글 떠나고, 이후 불 꺼진 너의 빈방에 들어갈 때마다 가슴이 미어지고 밀려오는 그리움에 어찌할 바를 몰라 했단다. 하지만 곧 너의 블로그에 올라온 사진과 글을 보며 낮과 밤이 서로 반대일지라도 같은 하늘 아래 함께 있음을 느끼고 안도하게 되었지.

미국에서의 생활은 스스로 결정하고 행동하며 그 결과에 책임을 지는 어른의 일상을 미리 살아내는 그런 것이었을 거야. 걱정도 있었지만, 밝음이가 하는 모든 것들을 아빠는 믿고 응원했지. 곧 성인이 되어 가족으로부터 독립하게 될 밝음이가 미리 연습하는 거라고 그렇게 생각했거든.

시간은 쏜 화살처럼 빠르게 지나 다시 가족의 품에 돌아온 지금, 네가 얼마나 대단한 일을 했는지 스스로 알아야 해. 그사이 얼마나 성숙해졌는지, 또 얼마나 더 적극적이고 강해졌는지도.

유민이가 엄마의 뱃속에서 자랄 때 '밝음이'라는 예명을 지어주었지. 밝음이가 사랑을 한창 받을 때, 17개월 만에 태어난 동생의 심한 아토피로 관심은 분산되었지. 그때 밝음이는 가려워하는 동생을 재우기 위해 뒤돌아누운 엄마의 등을 보며 자라서 늘 사랑에 고파했고, 베갯잇 네 귀퉁이를 물어뜯는 널 볼 때마다, 그리고 손톱이 닳도록 물어뜯는 너를 볼 때마다 이 아빠는 마음속으로 늘 미안했단다.

다행히 밝음이 동생, 민섭이의 아토피가 호전되어 갈 즈음 밝은 모습을 회복하며 성장해 줘서 정말 고맙다. 중학생이 되어서는 학교에서 그리고 친구들 사이에 있었던 일들을 재잘거릴 때 엄마와 아빠는 비로소 마음이 놓였단다.

이제 다시 고1이 된 밝음이는 성인이 되기까지 2년이 남았다. 미국에서의 자유분방한 학교생활과는 달리, 한국에서는 대학입학을 앞두고 열심히 공부할 시기이다. 주어진 현실 앞에서 열심히 공부해서 좋은 성적으로 원하는 길을 걷기 바랄게.

이제 동생도 미국 북부에서 교환학교 생활을 잘하고 있는데, 네가 그 길을 알아냈기에 가능한 일이었지. 동생도 나중에 고맙게 생각하게 될 거야. 현재 동생 없이 세 식구 살면서 밝음이가 사랑을 독차지하며, 동생이 없다고 좋아하는데 너무 그러지 말아라. 엄마, 아빠가 다 늙고 시간이 더 지나면

동생과 둘이 서로 의지해 살아야 할 텐데.

끝으로 일 년 동안 블로그에 올린 많은 글을 재구성해서, 지난 시간 동안 학교 다니며 바쁜 틈을 쪼개어 글을 써온 과정이 힘겨웠겠지만 이렇게 마무리를 하니 참 장하다.

이 책을 통해 꿈을 찾아 떠난 너의 경험을 다른 사람들에게 전할 때, 어떤 이들은 또 다른 꿈을 꾸게 될 거야. 너의 경험이 다른 아이들이 꿈꾸는 데 조금이라도 보탬이 된다면 이 아빠는 정말 뿌듯하겠구나.

밝음아, 그동안 수고 많았어.
사랑해!

앞으로 펼쳐질 밝음이의 인생이
이름처럼 항상 밝기를 기도하며.

2020년 따스한 봄날
밝음이를 사랑하는 아빠가

세상 모든 사람이 다 그렇듯,
우리 교환학생들도 때로는 모든 게 다 괜찮은 척,
행복한 모습만 보여주고 싶어 다른 사람들은 모르게 우리만의 이야기를
마음속에 조용히 간직해 놓는다는 걸
말해주고 싶었던 것뿐이다.

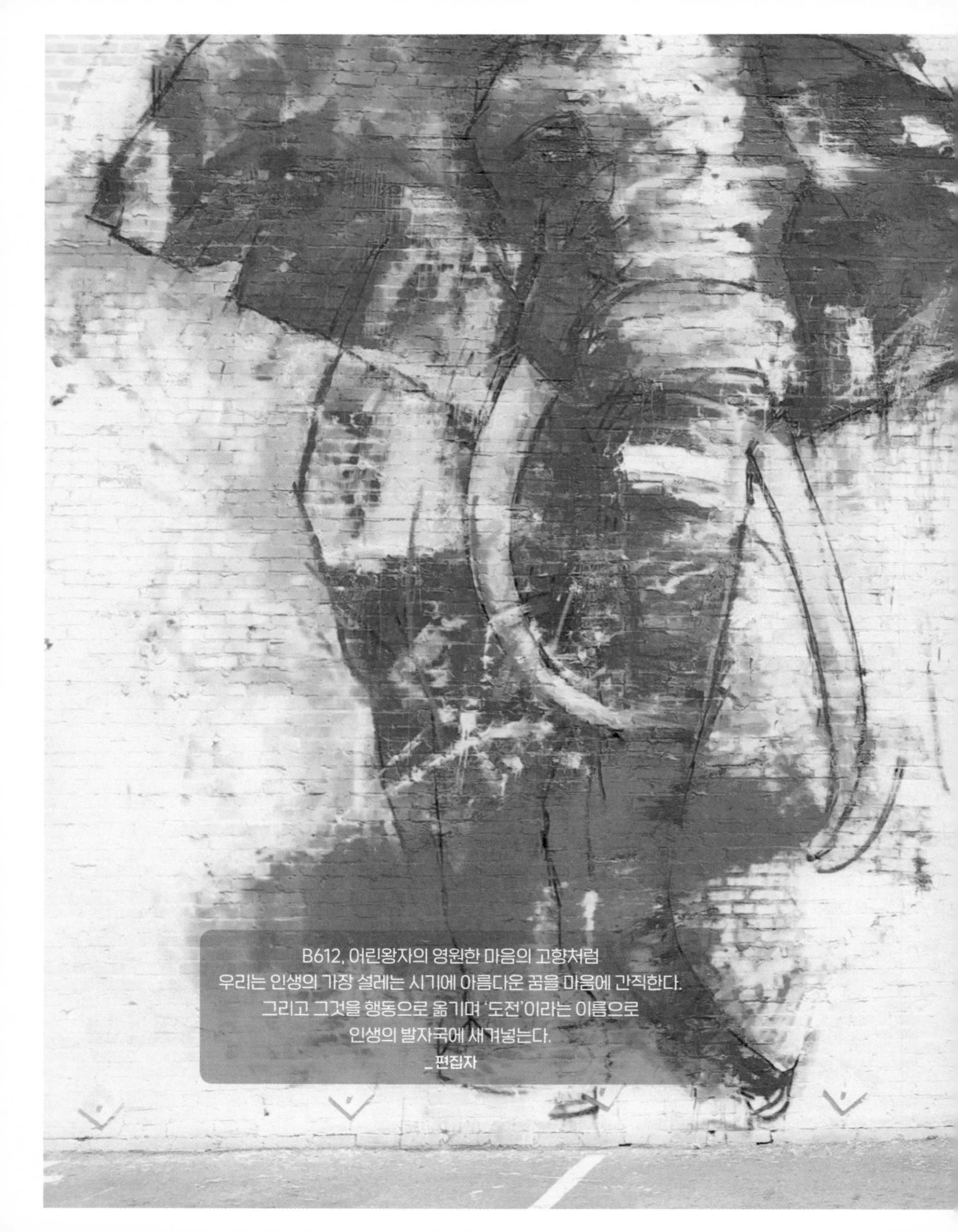

B612, 어린왕자의 영원한 마음의 고향처럼
우리는 인생의 가장 설레는 시기에 아름다운 꿈을 마음에 간직한다.
그리고 그것을 행동으로 옮기며 '도전'이라는 이름으로
인생의 발자국에 새겨넣는다.
_ 편집자

'꿈'이라 쓰고 '도전'이라 읽는다

초 판 1쇄 인쇄 | 2020년 4월 8일
초 판 1쇄 발행 | 2020년 4월 16일

지은이 | 송유민
펴낸이 | 조선우 • 펴낸곳 | 책읽는귀족

등록 | 2012년 2월 17일 제396-2012-000041호
주소 | 경기도 고양시 일산서구 대산로 123, 현대프라자 342호(주엽동, K일산비즈니스센터)

전화 | 031-944-6907 • 팩스 | 031-944-6908
홈페이지 | www.noblewithbooks.com
E-mail | idea444@naver.com

출판 기획 | 조선우 • 책임 편집 | 조선우
표지 & 본문 디자인 | twoesdesign

값 15,000원
ISBN 979-11-90200-05-9 (03810)

★★★★★

이 도서의 국립중앙도서관 출판예정도서목록(CIP)은
서지정보유통지원시스템 홈페이지(http://seoji.nl.go.kr)와
국가자료공동목록시스템(http://www.nl.go.kr/kolisnet)에서
이용하실 수 있습니다.
(CIP제어번호: CIP2020013199)